Mal Lewis Jones

Cassie hebt ab!

Das Ballettschloss Band 1

Mal Lewis Jones

Cassie hebt ab!

Das Ballettschloss Band 1

Aus dem Englischen von Christine Gallus

Ravensburger Buchverlag

Die Deutsche Bibliothek – CIP-Einheitsaufnahme

Lewis Jones, Mal:

Das Ballettschloss / Mal Lewis Jones.
Aus dem Engl. von Christine Gallus. –
Ravensburg : Ravensburger Buchverl.
Bd. 1. Cassie hebt ab!. – 1999
ISBN 3-473-34981-X

1 2 3 4 02 01 00 99

Die englische Originalausgabe erschien 1995
unter dem Titel „On Tour with the Ballettschool –
A big adventure for Cassie …“
bei Hodder Children's Books, London

Umschlagillustration: Burkhard Schulz
Redaktion: Manfred Schmeing
Printed in Germany

ISBN 3-473-34981-X

Für Claire Johnson

Ein unerwartetes Wiedersehen

Als Cassie Brown ihre Augen öffnete, war es noch sehr früh am Morgen. Sie war sofort hellwach. Aufgeregt fieberte sie dem Tag entgegen. Wie seltsam war es doch, in einem Zimmer aufzuwachen, das meilenweit von ihrem eigenen, vertrauten Zimmer zu Hause entfernt war! Und noch ungewohnter war es, dieses Zimmer mit zwei Mädchen zu teilen, die sie kaum kannte.

Cassie schlief im mittleren Bett. Im blassen Schein der Septembersonne, der durch die geblümten Vorhänge fiel, betrachtete sie die schlafenden Mädchen neben sich. Cassie wusste noch nicht so recht, was sie von der dunkelhaarigen Amanda Renwick halten sollte. Dafür war ihre andere Zimmergenossin mit dem weißblonden Haar, Becky Hastings, umso netter. Cassie hatte beide Mädchen am gestrigen Sonntagnachmittag kennen gelernt – an dem Tag, an dem sie alle mit ihren Eltern und ihrem Gepäck an der Redwood-Ballettschule eingetroffen waren.

Cassie wäre gern aufgestanden, fürchtete aber, die anderen beiden aufzuwecken. Sie konnte es kaum erwarten, ihre neue rotgraue Schuluniform anzuziehen, die, bereit für den ersten Tag, im Wandschrank hing. In der kleinen Grundschule in ihrem Dorf, in die sie bisher gegangen war, hatte es keine Schuluniform gegeben.

Sie seufzte. Ihr Wunsch aufzustehen wurde immer brennender, wie bei einem Juckreiz, wenn man sich einfach kratzen muss. Vorsichtig schlug sie ihre Bettdecke zurück und kletterte ans Bettende. Dabei fiel ihr Blick zufällig in den großen Schrankspiegel. Sie lächelte sich an. Beim Anblick ihrer leicht vorstehenden Schneidezähne runzelte sie jedoch wie immer die Stirn. Die Lücke zwischen den Zähnen schien noch größer geworden zu sein. Wie gern hätte sie veilchenblaue Augen anstatt brauner und eine auffälligere Haarfarbe, zum Beispiel pechschwarz oder leuchtend rot!

Sogar mein Name ist Brown!, dachte Cassie. Aber der Rest von mir ist wahrscheinlich gar nicht so übel.

Als sie sich an Beckys Bett vorbeischlich, hörte sie plötzlich ein schnaubendes Geräusch und ein Gesicht tauchte unter der Bettdecke auf.

„Morgen, du Frühaufsteher!", rief Becky fröhlich.

„Psst!", warnte Cassie. „Amanda schläft noch."

Amanda seufzte und drehte sich um, wachte aber nicht auf.

„Ich wollte nur schnell ein Bad nehmen", flüsterte Cassie. Becky verzog das Gesicht. „Ach Quatsch. Das ist die reine Zeitverschwendung. Man wird doch sowieso wieder schmutzig." Sie grinste. „Bleib lieber hier und unterhalte dich mit mir."

„In Ordnung", sagte Cassie und kletterte auf Beckys Bett.

„Ich kann es kaum abwarten, bis es endlich losgeht."

„Ich auch nicht. Wann gibt es Frühstück?"

„Ich glaube, um halb acht, also in einer guten Stunde."

Becky öffnete ihre Nachttischschublade, zog eine Packung Schokoladenkekse hervor und reichte Cassie einen.

„Danke, ich sterbe vor Hunger“, sagte Cassie dankbar.

„Das hilft dir bis zum Frühstück. Hoffentlich schmeckt es besser als gestern das Abendessen. Igitt!“

Cassie dachte an den angebrannten Fisch und die fettigen Pommes. „Was Schlimmeres kann man sich wirklich kaum vorstellen!“

„Keine Sorge“, sagte Becky und grinste. „Wenn du Hunger hast, komm einfach zu mir. Mama hat mir Berge von Süßigkeiten mitgegeben.“ Sie leckte sich über die Lippen und verdrehte die Augen.

„Was höre ich da?“ Amanda setzte sich auf und streckte sich anmutig. „Hat hier jemand was von Essen gesagt?“

„Wir haben nur gerade über das schreckliche Abendessen geredet“, sagte Becky.

„Ja, das war vielleicht ein Reinfall!“, sagte Amanda.

Becky gab Amanda einen Keks, an dem sie elegant knabberte. Sie schien sehr vornehm zu sein.

Am Tag zuvor hatten ihr Vater und ein anderer Mann eine Menge teurer Koffer voller modischer Kleidung gebracht. Aber was Cassie am meisten an Amanda bewunderte, war ihr gelangweilter Gesichtsausdruck und ihr wohlgeformter Kopf – der Kopf einer Tänzerin mit glatter Haut, hohen Wangenknochen und einem langen, grazilen Hals.

Becky schlug ihre Bettdecke zurück und gähnte und plötzlich hielt es Cassie einfach nicht mehr aus.

„Los komm! Wer als Erste im Badezimmer ist!“, rief sie und schnappte sich ihr Handtuch. Becky sprang aus ihrem Bett und sauste hinterher. Gemeinsam stürmten sie den Flur entlang zum Badezimmer und versuchten, sich gegenseitig zu überholen. Cassie gewann das Rennen.

„Die Letzten werden die Ersten sein!“, japste Becky. Sie rannte zum Fenster. „Mal sehen, wie es draußen aussieht.“

„Und, was siehst du?“, fragte Cassie und spähte ihr über die Schultern.

„Obstbäume! Wenn wir Glück haben, können wir in ein paar Wochen Obst pflücken gehen. Ganz wie zu Hause!“

Sie zeigte zu dem am Rande des Schulgeländes gelegenen Obstgarten.

„Sieh mal da!“ Cassie blickte neugierig aus dem Fenster. „Das ist mir gestern gar nicht aufgefallen. Hinter den Bäumen steht eine Ruine oder so was Ähnliches.“

„Ja, stimmt“, sagte Becky, „und es sieht ganz so aus, als wäre sie noch innerhalb des Grundstücks. Was mag das wohl sein?“

„Das müssen wir unbedingt herausfinden. Oh, ich liebe Ruinen. Sie sind so geheimnisvoll!“

Die Badezimmertür öffnete sich und ein kleines Mädchen mit verheulten Augen kam herein. Cassie blickte sie verblüfft an.

„Emily!“, rief sie, eilte zu ihr und nahm sie bei den Händen.

Zuerst war Emily etwas verdutzt, aber als sie begriff, dass es Cassie war, breitete sich ein strahlendes Lächeln über ihr Gesicht aus.

„Ich kann es noch gar nicht fassen, dass du hier bist!“, sagte Cassie. „Als ich dich gestern Abend nicht gesehen habe, dachte ich, du hättest es nicht geschafft!“

„Ach, Mama konnte mich erst spät herbringen. Sie muss doch sonntags arbeiten. Und dann mussten wir noch meine Geschwister unterbringen. Ich bin erst kurz vor dem Schlafengehen gekommen“, erklärte Emily.

Cassie stellte Emily und Becky einander vor.

„In welchem Zimmer bist du denn?“, fragte sie.

Emily zeigte auf das Nachbarzimmer.

„Das ist ja prima!“, jubelte Cassie. „Wir sind Zimmernachbarn. Dann können wir uns jeden Abend gegenseitig besuchen und noch miteinander reden.“

„Aber nicht nachdem das Licht gelöscht worden ist“, bemerkte ein älteres Mädchen, das gerade ins Badezimmer gekommen war.

„Das merkt doch keiner“, sagte Cassie.

„Hausmütter haben ausgesprochen empfindliche Ohren“, antwortete das Mädchen.

„Unsere Hausmutter scheint aber sehr nett zu sein“, entgegnete Cassie.

Das ältere Mädchen lachte. „Miss Eiseldown muss sich trotzdem an die Regeln halten. Und davon gibt es in Redwood genug.“

Cassie zuckte mit den Schultern und wandte sich wieder Emily zu. Sie war wirklich sehr erstaunt, sie hier wieder zu treffen.

„Ich kann es einfach nicht glauben!“, murmelte sie ständig, bis Becky es nicht mehr hören konnte.

„Ab mit dir in die Badewanne“, befahl Becky. „Vielleicht beruhigst du dich dann wieder!“

Während sich Cassie einige Minuten später eifrig im heißen Wasser abschrubbte, dachte sie an das nervenaufreibende Wochenende im vergangenen Februar zurück, an dem sie Emily kennen gelernt hatte.

Damals hatte Cassie das Ballettschloss zum ersten Mal gesehen: ein imposantes Herrenhaus aus roten Ziegelsteinen, das sich am Ende einer lang gezogenen Kiesauffahrt erhob. Zu beiden Seiten der Auffahrt erstreckten sich gepflegte Rasenflächen, an deren Rand riesige Redwoodbäume standen, nach denen die Schule benannt worden war.

Redwood! Cassies Wunschtraum war in Erfüllung gegangen. In der weiträumigen Eingangshalle fiel ihr Blick zuallererst auf ein gewaltiges lebensgroßes Gemälde einer wunderschönen Tänzerin in einem Giselle-Kostüm. Daneben hingen dutzende gerahmter Fotografien von Tänzerinnen und Lehrern, die etwas mit der Schule zu tun hatten.

In der Eingangshalle befand sich ein prächtiger offener Kamin mit einem verzierten Sims. Am Ende der Halle führte ein geräumiger, geschwungener Treppenaufgang nach oben. Die Wände waren mit Holzpaneelen verkleidet und den Fußboden hatte man mit glänzend braunem Parkett ausgelegt. Von der Mitte der Decke, die mit Blumen und Blättern aus Stuck kunstvoll geschmückt war, hing ein wundervoller Kronleuchter aus Murano-Glas herab.

Trotz der Größe des Raumes hatte man sich bald kaum mehr bewegen können: In der Halle drängten sich zahlreiche Kinder und Eltern, die alle zur zweitägigen Endauswahl an die Ballettschule gekommen waren.

Cassie tauchte ihren Kopf unter das heiße Wasser, setzte sich wieder auf und wrang ihr schulterlanges Haar aus. Zwei Tage! Sie waren ihr wie zwei Wochen vorgekommen!

Von rund viertausend Bewerbern hatte Cassie zu den wenigen hundert gehört, die bei den regionalen Eignungsprüfungen durchgekommen und zum zweiten Auswahlverfahren zugelassen worden waren. Die begabten jungen Tänzer und Tänzerinnen hatten um dreißig Plätze wetteifern müssen – zwanzig für Mädchen und zehn für Jungen.

Nachdem sie sich umgezogen hatten, waren sie von einer jungen Frau im dunkelgrauen Kostüm, die ein Clipboard unter dem Arm trug, in zwei Gruppen eingeteilt worden. Cassie war mit ihrer Gruppe in Saal eins geführt worden. Sie bewunderte den herrlichen Raum mit der Spiegelwand und zwei Stangen, die an der Wand entlang in verschiedenen Höhen befestigt waren.

Die Mädchen hatten aufgeregt durcheinander getuschelt. Hier hatte Cassie Emily kennen gelernt. Emily war fast einen Kopf kleiner als sie, hatte hellbraunes Haar, blaue Augen und sehr helle Haut und schien bestens Bescheid zu wissen. Cassie hatte das als sehr beruhigend empfunden, denn sie selbst hatte keinen blassen Schimmer. So hatte ihr Emily zum Beispiel zugeflüstert, dass die Lehrerin mit dem Clipboard Miss Oakland hieß.

Als eine andere Lehrerin den Saal betreten hatte, war es mucksmäuschenstill geworden. Gespannt hatten die Mädchen auf die ersten Anweisungen gewartet. Zu ihrer Überraschung war es etwas ganz Leichtes gewesen. Sie hatten einfach nur nach dem Klang schneller Musik durch den Saal hüpfen müssen. Cassie hatte gespürt, wie die Anspannung aus ihren Muskeln gewichen und die vertraute Freude an der Bewegung aufgekommen war.

Die Übungen an der Stange hatten ihre volle Konzentration gefordert, aber auch das waren Routineübungen gewesen, die eigentlich jeder beherrschte. Danach waren sie aufgefordert worden, ihre Übungen im Raum auszuführen. Dabei war Cassie zum ersten Mal aufgefallen, dass die Frau mit dem Clipboard sie beobachtete und sich Notizen machte. Cassies Herz hatte wieder schneller zu klopfen begonnen und sie war erleichtert gewesen, dass sie nun eine freie Bewegung ausführen sollten. Sie hatten von einer *Arabesque* mit nach hinten gestrecktem Bein in eine *Attitude* auf dem Vorderbein übergehen und dabei genau auf ihren Fußwechsel achten müssen. Cassie hatte sich ganz auf die Übung konzentriert und darüber vergessen, dass sie von jemandem beobachtet wurde.

Danach war eine kurze Pause gefolgt, in der sie etwas hatten trinken oder eine Kleinigkeit essen können. Die Kinder waren zu ihren Eltern in den Speisesaal zurückgeströmt und hatten geredet, was das Zeug hielt, alle voller Begeisterung und Hoffnung.

Dann war der erste Schock gekommen. Die Frau im grauen Kostüm war mit einer Mitteilung erschienen. Auf ihrem Clipboard hatte sich eine Namensliste befunden, die sie laut vorlas.

„Joanne Smith, Zoe Barnes, Alison Goodwin, Maria Crespi, Pippa Johnson, Catherine Wood, Amita Gupta, Laura Hughes. Vielen Dank. Ihr werdet nicht mehr benötigt."

Einen Moment lang hatte Totenstille geherrscht. Dann war ein Mädchen verzweifelt in Tränen ausgebrochen.

Cassie war entsetzt gewesen. Wie hatten denn die Lehrerinnen jetzt schon wissen können, dass die Mädchen nicht gut genug waren? Dabei hatten sie doch schon so viel durchgemacht, um überhaupt so weit zu kommen!

„Bist du sicher, dass mein Name nicht auf der Liste stand, Mama?"

„Ja, Cassie, ganz sicher."

Ihre Mutter und ihr Vater hatten sich bestürzt angeblickt. Keiner von ihnen hatte mit solch harten Bedingungen gerechnet. Voller Mitgefühl hatte Cassies Mutter zu dem verzweifelten Mädchen hinübergeblickt, das von ihrer Mutter getröstet wurde.

Aber Cassie war keine Zeit mehr geblieben, sich weiter Sorgen zu machen – sie waren zur nächsten Vortanzreihe gerufen worden, bei der sie Emily wieder getroffen hatte. Nun waren sie in Saal zwei gewesen, der genauso aussah wie Saal eins.

„War das nicht schrecklich?", hatte Emily gesagt. „Stell dir vor, du bist den ganzen weiten Weg gekommen und nach einer Stunde ist schon alles vorbei."

„Genau!" Cassie hatte genickt. „Und dann schickt man dich einfach so nach Hause. Hoffentlich passiert so etwas nicht noch mal, bevor das Vortanzen zu Ende ist."

Als Cassie und Emily nach ihrer letzten Stunde, die von einer französischen Lehrerin geleitet worden war, mit Cassies Eltern und Emilys Mutter Tee getrunken hatten, war die gefürchtete Frau mit dem Clipboard wieder aufgetaucht.

Das Stimmengewirr und Geschirrklappern war augenblicklich verstummt. Die Frau im grauen Kostüm musste nicht einmal ihre Stimme erheben.

„Charles Wood, Timothy Banks, Roy Fulwood …"

„Jungennamen", hatte Cassie gedacht. „Oh, bitte, bitte, bitte lass keine Mädchen auf dieser Liste stehen!"

„John Smithson, Pieter Schmidt, William Robinson", war die Frau fortgefahren. „Vielen Dank für eure Teilnahme. Ihr werdet nicht mehr benötigt."

Cassie hatte einen Seufzer der Erleichterung ausgestoßen, wobei sich Emilys und ihr Blick kreuzten. Sie hatten sich zugelächelt.

Aber für die armen Jungs war alles vorüber gewesen. Einige Familien hatten eilig ihre Sachen eingesammelt, darunter mehrere voller Empörung.

Als ein Junge an ihrem Tisch vorbeiging, hatte Cassie seinen Vater sagen hören: „Das ist alles ganz allein deine Schuld! Es war alles umsonst. Was für eine Zeitverschwendung!" Beim Hinausgehen hatte er die Tür laut hinter sich zugeschlagen.

„Der schien mir aber nicht sonderlich erfreut zu sein", hatte Cassies Vater so unbeschwert wie möglich gesagt.

„Fast hätte er die Tür aus den Angeln gehoben!", hatte Cassies Mutter hinzugefügt.

Die beiden Mädchen hatten gekichert, doch Cassie hatte bemerkt, dass Emilys Mutter keine Miene verzog. Sie schien immerzu die Stirn zu runzeln.

In der Mittagspause des zweiten Tages war Cassies Name immer noch nicht aufgerufen worden, genauso wenig wie

Emilys. Aber die Stimmung war lange nicht mehr so hoffnungsvoll gewesen. Spannung hatte in der Luft gelegen.

Cassie hatte sich einer eingehenden orthopädischen Untersuchung durch den Schularzt unterziehen müssen. Außerdem waren Röntgenaufnahmen von ihren Händen, ihrer Wirbelsäule und ihren Füßen gemacht worden. Sie war gemessen und gewogen worden und ihre Eltern hatten ihre gesamte Krankheitsgeschichte schildern müssen. Die Sprechstundenhilfe hatte ihnen erklärt, die Röntgenaufnahmen der Hände und Füße gäben Aufschluss darüber, wie sehr sie in Zukunft noch wachsen würde. Dies hatte Cassie ziemliches Kopfzerbrechen bereitet, schließlich war sie jetzt schon größer als die Mädchen ihres Alters. Man wollte nämlich keine Tänzerinnen, die auf den Zehenspitzen ihre Tanzpartner überragten. Andererseits wollte man natürlich auch keine Tänzerinnen, die erheblich kleiner als die anderen Balletttänzerinnen waren.

„Wäre es nicht schrecklich", hatte sie ihrer Mutter zugeflüstert, „wenn sie mich für geeignet hielten, aber die Röntgenaufnahmen ergeben hätten, dass ich zu groß werde?"

„Besser wir erfahren es jetzt, als erst nachdem du jahrelang eine Tanzausbildung gemacht hast", hatte ihre Mutter geantwortet.

Als Cassie aufgefordert worden war, sich im Schneidersitz hinzusetzen, hatte sie sich munter auf den Boden sinken lassen und ihre Knie nach außen gespreizt, bis sie bequem ruhten. Die Lehrerin hatte gelächelt.

„Kein Problem für dich, was?" Sie hatte mit einem französischen Akzent gesprochen. Cassie hatte zurückgelächelt. Es war die erste freundliche Person gewesen, die ihr seit dem Beginn des Vortanzens begegnet war.

Die freundliche Lehrerin hatte sie gebeten, sich an der Stange aufzustellen. Dort hatte sie zuerst Cassies linkes und dann ihr rechtes Bein bewegt, um die Beweglichkeit ihrer Hüftgelenke zu testen.

„Merci“, hatte sie gesagt. „Sehr gut. Nun bitte Nummer einundzwanzig.“

Nummer einundzwanzig war niemand anderes als Emily gewesen. Als sie ihren Platz eingenommen hatte, hatte sie Cassie angelächelt. Cassie hatte gedacht, wie hübsch Emily doch war, wenn sie lächelte; die meiste Zeit sah sie jedoch blass und ängstlich aus.

Mit Lob war in diesen beiden Tagen sehr gespart worden. Es war eher so gewesen, als hätten die Prüflinge versucht Göttern zu gefallen, die nur schwerlich durch etwas zu beeindrucken waren.

Während Cassie ihr Können in einer weiteren Ballettstunde hatte demonstrieren müssen, waren ihre Eltern zu einem Gespräch mit der Schulleiterin Miss Wrench und drei Mitgliedern des Lehrkörpers gebeten worden. Als sie wieder herausgekommen waren, hatten sie fast so erschöpft ausgesehen wie Cassie.

„Puh!“, hatte ihr Vater gestöhnt. „Das war schlimmer als mein letztes Bewerbungsgespräch!“

„Mach dir nicht draus, Papa!“, hatte Cassie eingeworfen. „Wenn ich erst eine berühmte Ballerina bin, denkst du bestimmt, dass es sich gelohnt hat.“

Am Ende des Wochenendes war Cassie todmüde und gleichzeitig völlig aufgekratzt gewesen. Während sie sich in den letzten Minuten noch mit Emily unterhalten hatte, musste sie insgeheim daran denken, dass sie sich vielleicht niemals wieder sehen würden.

„Beeil dich, Emily“, hatte ihre Mutter gedrängt. Cassie war aufgefallen, wie dünn und abgekämpft sie aussah. „Ich muss zu den anderen nach Hause.“

Emily hatte sich rasch verabschiedet und war ihrer Mutter gefolgt, die schon vorausgegangen war.

„Glaubst du, dass ich angenommen werde, Mama?“, hatte Cassie gefragt, als sie ins Auto stieg. Ihre Mutter hatte sich umgedreht und sie angesehen. Das Gesicht ihrer Tochter war gerötet gewesen, ihre Augen hatten gefunkelt und ihr Kinn so energisch ausgesehen wie eh und je.

„Das wird sich zeigen“, hatte sie gesagt und geseufzt. „Das wird sich zeigen.“

Der falsche Fuß

Cassies Magen zog sich zusammen, als Miss Oakland energisch auf das Klavier klopfte. Abrupt unterbrachen die Ballettschüler ihre Übung.

„Nein, nein!“, rief sie. „Auf eins. *Sissonne ouverte* mit dem rechten Fuß. Auf zwei. *Pas coupé* mit dem rechten Fuß und *Assemblé* mit dem linken Fuß.“

Miss Oakland war eine junge und attraktive Lehrerin. Das hieß aber nicht, dass sie nicht streng war. Ganz im Gegenteil! Ungeduldig nickte sie dem Pianisten zu und die Klasse begann zum dritten Mal. Mit Adleraugen verfolgte Miss Oakland jede Bewegung ihrer Schüler.

Cassie beobachtete sich in der gegenüberliegenden Spiegelwand. Sie war die Größte in ihrer Klasse und in ihrem neuen hellrosa Trikot kam ihre hübsche Figur besonders gut zur Geltung. Einen Moment lang schweiften Cassies Gedanken ab.

Mit lautem Händeklatschen unterbrach Miss Oakland erneut und marschierte geradewegs auf Cassie zu.

„Cassandra!“, rief sie. „Kannst du denn deinen linken Fuß nicht von deinem rechten unterscheiden? Wenn du willst, können wir deine Füße gerne beschriften!“

Die Klasse kicherte. Als Cassie das spöttische Lächeln auf Amandas Gesicht sah, bekam sie vor lauter Wut und Scham einen hochroten Kopf. Man hatte sie ja von Anfang an gewarnt, dass das Leben im Redwood-Ballettschloss kein Zuckerschlecken sein werde. Davon hatte sie sich aber nicht abschrecken lassen. Und jetzt musste sie schon in ihrer allerersten Ballettstunde feststellen, dass die Ausbildung härter war, als sie gedacht hatte.

Als die Klaviermusik wieder einsetzte, wiederholte Cassies Körper automatisch die Übung. Cassie dachte an ihre Ballettstunden im Gemeindesaal zurück. Damals war alles ganz anders gewesen. Dort hatte es weder Spiegelwand noch eine an der Wand befestigte Stange gegeben und schon gar keinen glänzenden Parkettboden. Nur einen großen, zugigen Raum mit wackeligen alten Stühlen, an denen man die Übungen statt an der Stange durchführte. Ihre Lehrerin, Miss Lakeley, hatte keinen Zweifel daran gelassen, dass Cassie ihre begabteste Schülerin war. Cassie sah sie genau vor sich – eine pummelige, freundliche Frau, die immer ein Kopftuch und große, runde Ohrringe trug. Sie hatte sie fürsorglich ihre Küken genannt und stets für jedes Mädchen ein aufmunterndes Wort gehabt, selbst für die absolut hoffnungslosen Fälle.

Was für ein Unterschied zu Miss Oakland, dachte Cassie, während sie die Übung zu Ende führte und bestürzt feststellte, dass sie schon wieder auf dem falschen Fuß gelandet war. Schnell blickte sie zu Miss Oakland hinüber und hoffte, dass sie davon nichts bemerkt hatte. Doch vergebens. Die Lehrerin hatte bereits die Hände in die Hüften gestemmt und blickte sie scharf an.

„Cassandra! Du musst dich konzentrieren! Schludrigkeit wird hier nicht geduldet."

Cassie wäre am liebsten im Erdboden versunken. Sie spürte, wie die anderen Mädchen sie anstarrten. Die meisten davon kannte sie noch nicht einmal. Warum hatte sie nur unbedingt hierher kommen wollen, fragte sie sich verzweifelt. Die anderen Mädchen waren alle so gut. Bis jetzt war sie immer die Beste in ihrem Kurs gewesen. Und sie hatte sich dafür nicht einmal besonders anstrengen müssen. Aber hier blies ein anderer Wind.

Miss Oakland ging mit ihr die Übung noch einmal alleine und Schritt für Schritt durch. Was für eine Blamage! Würde sie etwa die Langsamste der Klasse sein, diejenige, die immer alles falsch machte?

„Jetzt müsste es eigentlich jeder verstanden haben", bemerkte die Lehrerin mit hochgezogenen Augenbrauen. „Man könnte meinen, ihr seid noch nicht richtig wach. *Sissonnes* müssen flink sein. FLINK!", wiederholte sie lauter und Cassie zuckte zusammen. „Ich glaube, das möchte ich jetzt von allen einzeln vorgeführt bekommen."

Als Cassie in den hinteren Teil des Saales ging, zwickte sie jemand in den Arm. Es war Emily.

„Mach dir nichts draus", flüsterte sie.

Cassie war froh, sich für einige Minuten in der Ecke auszuruhen zu können. Wie hatte sie jemals davon überzeugt sein können, sie sei gut genug?

Immerhin hatte Miss Lakeley an sie geglaubt. Cassie dachte an das Gespräch vor etwa einem Jahr zurück. Damals hatte Miss Lakeley ihre Mutter nach einer Ballettstunde angesprochen.

„Ich mache mir schon seit einiger Zeit Gedanken über Cassandra …“, hatte Miss Lakeley das Gespräch eröffnet.

„Tatsächlich?“, hatte ihre Mutter überrascht zurückgefragt.

„Sie ist gut. Daran gibt es keinen Zweifel. Deshalb habe ich mir überlegt, wie wir wohl am besten vorgehen sollen.“

„Vorgehen?“

„Um sie auf eine Karriere als Tänzerin vorzubereiten.“

Cassies Herz hatte einen Sprung gemacht.

„Ich glaube wirklich nicht, dass dies die Laufbahn ist, die uns für Cassie vorschwebt. Mein Mann …“

„Cassandra ist sehr begabt, Mrs Brown“, hatte Miss Lakely ihre Mutter ungehalten unterbrochen. „Es wäre eine schreckliche Verschwendung, nicht das Beste aus ihrem Talent zu machen!“

„Da haben Sie vermutlich Recht. An was haben Sie denn gedacht?“

„Zuerst einmal müssen wir die Ballettstunden auf vier pro Woche erhöhen. Fünf wären natürlich noch besser.“

„Fünf?“

Cassie hatte gefürchtet, ihre Mutter würde auf der Stelle ohnmächtig werden.

„Nein. Vier dürften vermutlich genügen. Weil ich mich darauf verlassen kann, dass sie zwischen den Ballettstunden hart trainieren wird.“ Miss Lakeley hatte Cassie zugelächelt. „Natürlich wären einige der zusätzlichen Stunden Einzelstunden, sodass die Kursgebühren etwas höher ausfallen müssten.“

„Aber sie ist doch jetzt schon so gut. Ist es denn wirklich notwendig, dass sie …“

„Aber ja doch! Es ist sogar unbedingt notwendig. Wenn sie auch nur im Geringsten eine Chance haben soll."

„Was meinen Sie denn mit Chance, Miss Lakeley?"

„Für eine Aufnahmeprüfung an der Redwood-Ballettschule, dem berühmten Ballettschloss!"

Cassies Mutter war sprachlos gewesen. Cassie hatte sich plötzlich so federleicht gefühlt, um gleich abzuheben und zur Decke zu schweben ... Redwood war nicht nur die einzige staatliche Ballettschule, sondern auch noch die beste, die es gab. Cassie hatte sich schon immer gewünscht, dorthin zu gehen. Niemals hätte sie sich träumen lassen, sie hätte auch nur die geringste Chance.

Endlich hatte ihre Mutter ihre Sprache wieder gefunden. „Ich ... Ich muss mit meinem Mann darüber sprechen. Wir müssen uns das sehr genau überlegen."

„Teilen Sie mir Ihre Entscheidung so schnell wie möglich mit", hatte Miss Lakeley gesagt. „Cassandra könnte schon nächste Woche mit den zusätzlichen Ballettstunden beginnen. Je früher, desto besser."

Nach diesem Gespräch war Cassie fest entschlossen gewesen, es mindestens bis zur Aufnahmeprüfung an der Redwood-Schule zu schaffen.

Das erste Hindernis, das es zu überwinden galt, waren ihre Eltern gewesen. Es hatte einige Diskussionen gegeben, aber was Cassie sich einmal in den Kopf gesetzt hatte, ließ sie sich nicht so einfach wieder ausreden. Ihre Mutter hatte ja schon immer gesagt, sie habe ein energisches Kinn. Jetzt war ihr ihre Dickköpfigkeit zugute gekommen.

„Du bist erst zehn, Cassie", hatte ihr Vater sie beschworen. „Das ist viel zu jung, um sich auf Teufel komm raus auf eine Sache zu versteifen, die dir wahrscheinlich in zwei oder drei Jahren sowieso nicht mehr gefällt!"

„Natürlich wird es mir noch gefallen!", hatte Cassie widersprochen und ihr Kinn noch höher in die Luft gereckt als sonst.

„Lass uns noch ein Jahr abwarten", hatte ihre Mutter vorgeschlagen. „Das gibt dir Zeit über alles noch einmal gründlich nachzudenken und festzustellen, ob es dir mit dem Ballett auch wirklich ernst ist."

„Aber dann ist es zu spät!", hatte Cassie verzweifelt gerufen. „Entweder ich nehme diesen Oktober an der regionalen Eignungsprüfung teil oder ich werde niemals nach Redwood gehen können. Und schließlich ist Redwood die beste Schule von allen!"

Cassies Eltern hatten sich angesehen und geseufzt. Da hatte Cassie gewusst, dass sie gewonnen hatte – zumindest den erste Teil des Kampfes.

„Aua!"

Becky stieß sie mit dem Ellbogen in die Seite.

„Du bist dran!", zischte sie ihr zu und grinste.

Cassie sprang auf und ging in die Mitte des Saales, um die *Sissonne double* unter Miss Oaklands kritischem Blick vorzuführen. Um sich Mut zu machen, wiederholte Cassie im Geiste die Worte ihrer alten Ballettlehrerin: Cassandra ist sehr begabt! Sie konzentrierte sich voll und ganz auf ihre Übung und machte dieses Mal keinen Fehler. Miss Oakland schien davon jedoch unbeeindruckt – nicht das kleinste Lob kam über ihre Lippen.

Am Ende der Stunde war Cassie ziemlich niedergeschlagen, wollte es sich aber auf keinen Fall anmerken lassen. Während sie Emily und Becky in den Umkleideraum folgte, fragte sie sich, ob sie sich auch so fühlten.

„Es ist unglaublich!“, rief Cassie. „Mir tun Muskeln weh, von denen ich nicht einmal wusste, dass ich sie überhaupt habe!“

„Stimmt. Heute Abend kriechen wir wahrscheinlich auf allen vieren durch die Gegend“, sagte Becky.

Cassie lachte. Becky hatte die Stunde also auch nicht einfach gefunden.

„Miss Oakland ist ziemlich pingelig, oder?“, meinte Emily. „Aber sie soll eine wirklich gute Lehrerin sein.“

Cassie zuckte mit den Schultern. Innerlich kochte sie immer noch vor Wut. „Am liebsten würde ich ihr ein Schild umhängen, mit der Aufschrift GEDULD IST DER SCHLÜSSEL ZUR FREUDE!“

„Das stimmt. Besonders viel Geduld hat sie nicht gerade“, sagte Becky. „Wann haben wir eigentlich Pause?“

Emily zog ihren Stundenplan heraus. „Jetzt sofort, dann eine Doppelstunde Geographie und vor dem Mittagessen Unterstufenversammlung.“

Cassie stöhnte. „Doppelstunde Geographie. Igitt!“ Bei der ganzen Vorfreude auf Redwood konnte leicht in Vergessenheit geraten, dass auch weiterhin ganz normaler Schulunterricht gegeben wurde.

„Ich finde das wirklich ungerecht!", schnaubte Becky. „Den Großteil unserer Pause verbringen wir damit, unsere Ballettsachen aus- und unsere grässliche Schuluniform wieder anzuziehen."

Dabei blickte Becky so grimmig drein, dass Cassie lachen musste. „Los komm, Becky. Mal sehen, ob wir es schaffen, die Ersten in der Schlange an der Essensausgabe zu sein."

Becky gab keine Antwort. Sie war schon längst aus dem Duschraum geflitzt.

Cassie schlüpfte eilig in ihren grauen Rock, ihre weiße Bluse und ihre rote Strickjacke. Dabei hörte sie in Gedanken die mahnenden Worte ihrer Hausmutter. Miss Eiseldown hatte sie alle erst heute Morgen noch dringend ermahnt, wie wichtig ihre äußere Erscheinung sei. Die kleinste Unordentlichkeit ihrer Kleidung, egal ob bei der Ballettausrüstung oder der Schuluniform, würde mit einem Tadel bestraft werden.

„Los, beeilt euch", drängte Becky, die als Erste fertig war. „Ich sterbe vor Hunger. Zwei Stunden Ballettunterricht sind ziemlich lang, wenn man nur eine Schüssel Cornflakes und eine Scheibe Toastbrot gefrühstückt hat."

Die Pause war hektisch und schnell vorbei. Bevor sie sich versahen, saßen sie in ihrer ersten Schulstunde. Cassie wurde ziemlich müde und konnte sich nur schwer konzentrieren. Nach dem Erdkundeunterricht musste sie zusammen mit ihrer Klasse und der Klasse über ihnen in die Aula gehen. Dort wollte Miss Wrench, die Direktorin, zu ihnen sprechen. Während sie sich aufstellten und warteten, herrschte absolutes Sprechverbot.

Schließlich betrat Miss Wrench das Podium. Sie musste schon über fünfzig sein, war jedoch immer noch von schlanker und aufrechter Gestalt. Allerdings war sie recht altmodisch gekleidet. Ihr stahlgraues Haar hatte sie zu einem straffen Knoten nach hinten gesteckt. Sie trug schwarze Schnürstiefel, einen schwarzen Faltenrock und eine weiße Bluse. Ihre gesamte Erscheinung schien zu sagen „Ich dulde keinen Unfug!".

„Guten Morgen, liebe Schülerinnen und Schüler der Unterstufe", sagte sie.

„Guten Morgen, Miss Wrench", antworteten die Mädchen und Jungen im Chor.

Nachdem sie einige Kirchenlieder gesungen und Gebete gesprochen hatten, verteilte Miss Wrench eine Liste mit Vorschriften. Schon wieder Vorschriften! Ihre Hausmutter, Miss Eiseldown, hatte ihnen auch schon eindringlich erklärt, was sie zu tun und zu lassen hatten.

„Und wenn ihr mir oder dem Lehrpersonal hier im Gebäude begegnet, und das gilt auch dann, wenn ihr nur auf dem Korridor vorübergeht, erwarten wir von den Mädchen, dass sie einen Knicks, und von den Jungen, dass sie eine Verbeugung machen. Zuletzt möchte ich noch darauf hinweisen", fuhr Miss Wrench fort, „dass es strengstens verboten ist, sich nach dem Abendessen draußen auf dem Schulgelände aufzuhalten. Natürlich könnt ihr euch dort tagsüber in eurer Freizeit jederzeit vergnügen."

Cassie und Becky wechselten viel sagende Blicke. Dabei dachte jede von ihnen an etwas anderes. Cassie an die Ruine und Becky an die Obstbäume.

„Die unterste Klasse bleibt noch in der Aula. Ihr werdet von der Schulschwester gewogen und gemessen und könnt dann essen gehen. Die höhere Klasse ist entlassen."

Miss Eiseldown begleitete Cassie, Becky, Amanda, Emily und ihre Zimmergenossinnen zum Schwesternzimmer. Während sie vor der Tür warteten, scherzte sie ausgelassen mit ihnen. Ganz anders als heute Morgen, als sie ihnen mit strenger Miene erklärt hatte, wie sie ihr Bett zu machen und ihr Zimmer in Ordnung zu halten haben. Auf einer Liste, die im Flur hing, wurden jede Woche die ordentlichsten Zimmer mit Goldsternen ausgezeichnet.

Sie war eine der jüngsten Lehrerinnen der Schule und zweifellos die hübscheste. Sie besaß weder Miss Oaklands scharfe Zunge noch Miss Wrenchs unerbittliche Ausstrahlung. Cassie war froh, sie zur Hausmutter zu haben. Und ihre Mathematiklehrerin war sie auch noch.

„Was ist der Unterschied zwischen einem Nashorn, einer Zitrone und einem Pferd?", fragte Miss Eiseldown.

„Wir geben auf! Keine Ahnung!", riefen mehrere Mädchen.

„Eine Zitrone kann man ausdrücken, ein Nashorn nicht!"

„Und was ist mit dem Pferd?", fragte Cassie.

„Ich wusste, dass ihr darauf herumreiten würdet!", sagte Miss Eiseldown und alle stöhnten auf.

Nach ihrem Besuch im Schwesternzimmer gingen die Mädchen zum Mittagessen. Es gab eine warme Mahlzeit und viele verschiedene Salate. Cassies Müdigkeit verflog auf der Stelle, als sie den Speisesaal voller lachender, schwatzender und essender Jungen und Mädchen betrat.

„Ist es nicht toll, hier zu sein?", jubelte sie und vollführte mit dem Tablett in der Hand eine kleine Drehung. Plötzlich hätte sie die ganze Welt umarmen mögen.

„Achtung", warnte Emily. „Du wirst von Miss Oakland beobachtet."

Eilig ließ sich Cassie am nächstbesten freien Tisch nieder. Emily folgte ihr, während Becky noch unentschlossen vor der Riesenauswahl von Nachspeisen stehen blieb. Als sie schließlich zu ihnen rüberkam, gingen Emily und Cassie gerade den Stundenplan des restlichen Tages durch.

„Unterricht von zwei bis vier. Mathematik, Englisch und Bio. Von vier bis fünf Hausaufgaben. Ausdruckstanz von fünf bis halb sieben. Abendessen um halb sieben. Halb neun Nachtruhe."

Becky verschluckte sich und erstickte fast an ihrer Pizza. „Willst du damit sagen, dass wir bis halb sieben nichts mehr zu essen bekommen?" Eilig stand sie vom Tisch auf, um sich noch Nachschub an Apfelkuchen zu besorgen.

Cassie wurde still. Sie musste an die nächste Ballettstunde denken. Würde sie mit den anderen mithalten können? Und sie hatte geglaubt, das Schlimmste hinter sich zu haben, als sie die schreckliche Aufnahmeprüfung bestanden hatte.

„Sag mal, wo bist du denn mit deinen Gedanken?", fragte Emily.

„Ich musste nur gerade an unsere Aufnahmeprüfung denken", sagte Cassie.

„Hm", meinte Emily. „Ich bin wirklich froh, dass wir uns dort kennen gelernt und beide bestanden haben. Vielen ist das nicht gelungen, was?"

„Ja“, stimmte Cassie zu, „wir hatten ganz schön großes Glück.“

„Da war ich mir letzte Nacht aber nicht so sicher.“

„Warum, hattest du Heimweh?“

„Ich habe bloß meine Mama ziemlich vermisst“, sagte Emily. „Aber heute geht es mir schon viel besser.“

Sie beugte sich zu ihr über den Tisch. „Wusstest du, dass am Ende des ersten Jahres etwa zehn Schüler rausgeworfen werden?“

Cassie war entsetzt. „Aber das ist ja schrecklich! Das habe ich nicht gewusst.“ Sie überlegte, wie groß wohl ihre Chance war, länger als zwölf Monate im Ballettschloss bleiben zu können.

„Glaubst du, wir haben Miss Oakland auch in Ausdruckstanz?“

„Nein, keine Sorge“, erwiderte Emily lächelnd. „Wir haben eine Lehrerin namens Bonsing.“

„Hoffentlich ist sie nicht auch so sarkastisch“, sagte Cassie besorgt.

Aber ihre Sorgen waren umsonst gewesen. Als sie nach dem Unterricht und den Hausaufgaben um fünf Uhr den Saal betraten, begrüßte sie Mrs Bonsing mit einem strahlenden Lächeln. Sie war eine rundliche und vergnügt aussehende Person mit kurzem, krausem Haar und knallrot angemalten Lippen. Cassie musste immerzu auf ihre Beine starren, die mit knotigen Krampfadern übersät waren. Kaum hatte Mrs Bonsing jedoch begonnen einen Polka-Tanzschritt vorzuführen, hatte man ihr sonderbares Aussehen im Nu vergessen.

Kaum zu glauben, wie anmutig und leichtfüßig sie sich bewegte!

Cassie vergaß ihre Befürchtungen und entspannte sich. Sie fand es einfach wunderbar, sich zusammen mit den anderen zu bewegen, gemeinsam die hübschen Röcke in die Luft zu wirbeln und mit den Absätzen der schwarzen Tanzschuhe zu klappern. Wenig später forderte Mrs Bonsing Becky auf, den anderen eine Schrittfolge vorzuführen. Als Cassie sah, mit welcher Sicherheit sich Becky bewegte, wurde ihr schlagartig bewusst, weshalb ihre Freundin an der Schule aufgenommen worden war.

Als sie um sieben Uhr mit dem Abendessen fertig waren, kehrten die Mädchen in ihre Zimmer zurück. Cassie war todmüde! Bestimmt würden ihr schon vor halb neun die Augen zufallen. Becky dagegen sprühte vor Energie und stürmte nach nebenan, um Emily einen Besuch abzustatten.

Amanda lag ausgestreckt auf ihrem Bett. Sie reckte sich und setzte sich auf.

„Ich glaube, ich mache noch ein paar Übungen, bevor das Licht gelöscht wird“, sagte sie.

„Dazu bin ich heute Abend viel zu kaputt“, meinte Cassie. „Ist es nicht schon ein bisschen spät für Übungen?“

„Aber nicht doch“, erwiderte Amanda. „Sie ermuntern einen sogar dazu, die privaten Übungsräume nach dem Abendessen zu nutzen.“

Amanda trug noch immer den vorgeschriebenen roten Trainingsanzug über ihrem Trikot, sodass sie nur ihre Ballettschuhe mitzunehmen brauchte.

Warum sehen so Leute wie Amanda eigentlich immer fantastisch aus, ganz egal, was sie anhaben?, fragte sich Cassie.

In diesem Moment streckte Becky ihren Kopf zur Tür herein. Mit ihren zerzausten Zöpfen und den Haarsträhnen, die wild in alle Richtungen abstanden, hatte sie nun wirklich nichts mit der Eleganz Amandas gemein.

„Hey! Ich muss sagen, du siehst wirklich umwerfend aus!", sagte Cassie und lachte.

„Los, komm mit rüber!", rief Becky grinsend. „Und vergiss nicht dein Kissen mitzubringen."

Neugierig folgte Cassie ihr auf den Flur. Dort drangen bereits spitze Schreie und dumpfe Geräusche aus dem Nebenzimmer. Fünf Mädchen der nächsthöheren Klasse, deren Zimmer etwas weiter im gleichen Stockwerk lagen, hatten Emilys Zimmer gestürmt und eine Kissenschlacht begonnen.

Das Zimmer war viel größer als das von Cassie. Es war ein richtiger Schlafsaal mit sieben Betten. Cassie stürzte sich ins Getümmel und versetzte einem der Mädchen von hinten mit dem Kissen einen Stoß. Von Müdigkeit keine Spur mehr! Sofort fiel das Mädchen über ihre neue Gegnerin her. Nach einem unerbittlichen Zweikampf fielen sie schließlich lachend auf den Boden.

In der Ecke trommelten Becky und einige andere Mädchen aufeinander ein. Bettzeug und Spielsachen lagen kreuz und quer auf dem Fußboden verstreut. Die Schlacht wurde immer wilder. Als Cassie hörte, wie jemand den Flur über ihnen entlang ging, dachte sie sich nichts dabei. Mit einem Mal sprang das Mädchen, mit dem sie gerade noch gekämpft hatte, auf, schnappte sich ihre Freundinnen und verließ Hals über Kopf das Zimmer.

Cassie ahnte, dass etwas nicht stimmte. Doch bevor sie die anderen warnen konnte, klopfte es schon energisch an der Tür. Ohne eine Antwort abzuwarten, marschierte Miss Eiseldown ins Zimmer. Sie sah ziemlich wütend aus.

„Was zum Kuckuck geht hier vor?", fragte sie.

Da die Situation kaum einer Erklärung bedurfte, schwiegen die Mädchen und blickten betreten vor sich hin. „Das Schuljahr fängt ja schon gut an", wetterte Miss Eiseldown. „Ich erwarte, dass ihr euch in Zukunft abends ordentlich benehmt. Entweder ihr spielt leise etwas oder lest oder seht im Gemeinschaftsraum fern."

„Oder noch besser, ihr macht noch einige Ballettübungen", tönte eine Stimme aus dem Flur. Im Türrahmen stand Amanda und blickte triumphierend in die Runde.

Ein Zusammentreffen mit Folgen

Cassie konnte diesen peinlichen Zwischenfall einfach nicht vergessen. Zu allem Unglück entwickelte sich Amanda in den folgenden Wochen auch noch zur Lieblingsschülerin von Miss Oakland.

Als Cassie eines Tages zusammen mit ihren Mitschülern aus der Ballettstunde kam und erschöpft in den Umkleideraum ging, dachte sie bekümmert darüber nach, dass sie bisher noch kein einziges Mal gelobt worden war. Daran musste sie unbedingt etwas ändern. Aber vorher galt es noch etwas anderes zu erledigen.

„Hey“, rief Cassie den anderen zu. „Wir haben uns immer noch nicht an den Mädchen aus der Klasse über uns für die Kissenschlacht gerächt.“

Emily und einige ihrer Zimmergenossinnen umringten sie. „Hat jemand eine Idee?“, fragte eine von ihnen.

Cassie hatte plötzlich einen fabelhaften Einfall.

„Wie wär’s, wenn wir Frösche, Käfer oder Würmer in ihren Betten verstecken würden?“

„Au ja!“, riefen einige Mädchen begeistert.

„Und was ist, wenn Miss Eiseldown herausfindet, dass wir das waren?“, warf Emily ein.

„Das wird sie schon nicht“, meinte Cassie zuversichtlich.

Als sie später ihre Hausaufgaben machen mussten, lud

Emily Cassie und Becky in ihr Zimmer ein, um den Plan zu besprechen.

„Glaubst du, Amanda hat uns vorhin im Umkleideraum zugehört?", fragte Emily.

„Das glaube ich kaum", erwiderte Cassie. „Sie war viel zu sehr damit beschäftigt, sich schön zu machen."

„Ich habe das Gefühl, du magst Amanda nicht besonders", sagte Emily.

„Hör auf dir Sorgen zu machen, Emmy. Schließlich haben wir uns ein bisschen Spaß verdient", stöhnte Cassie und humpelte mit scheinbar schmerzverzerrtem Gesicht durch das Zimmer, „nach all den Qualen, die wir hier durchstehen müssen."

Sie beschlossen, nächste Woche ein paar Insekten einzufangen. Dann gingen Cassie und Becky in ihr Zimmer zurück.

„Ich glaube, wir machen jetzt mal besser unsere Hausaufgaben", sagte Cassie.

„Oh ja, wir müssen ja noch was für Mathe machen."

„Sag bloß, du freust dich auch noch darauf", lachte Cassie.

„Ich weiß gar nicht, was du hast. Mir gefällt Mathe."

Cassie verzog das Gesicht. Becky blieb einen Moment vor ihrer Zimmertür stehen.

„Übrigens", sagte sie, „das Obst müsste eigentlich bald reif sein. Soll ich die Köchin fragen, ob wir nächste Woche welches für sie pflücken dürfen?"

„Das wäre ja toll! Ich kann es nämlich kaum abwarten mir endlich mal die Ruine anzusehen. Aber in letzter Zeit hatte ich einfach zu viel um die Ohren." Dabei fasste sich Cassie mit gespielter Erschöpfung an die Stirn.

„Aber weißt du was, Becky, davon braucht niemand etwas zu wissen – nur Emily natürlich.“

Eine halbe Stunde später machten sie sich für die Tanzstunde fertig.

„Dieses ewige Umziehen kann einem wirklich auf die Nerven gehen“, stöhnte Becky, während sie ihre Schuluniform in den Kleiderschrank hängte.

Cassie schlüpfte in die für Ausdruckstanz vorgesehenen dunkelroten Leggings und das dazugehörige Trikot.

„Komm schon, Becky“, drängte sie. „Es ist gleich fünf vor fünf und wir haben unsere Haare noch nicht hochgesteckt. Wenn wir zu spät kommen, gibt's Ärger.“

Sie halfen sich gegenseitig, die für den Tanzunterricht vorgeschriebenen Zöpfe zu flechten und hochzustecken. Um ihre lockigen Haare zu bändigen, musste Cassie immer Gel benutzen. Beckys Haare dagegen waren viel dicker und blieben, wenn sie einmal geflochten waren, wo sie hingehörten. Amanda kam als Einzige von den dreien ganz allein mit ihrer Frisur zurecht. Ihre glänzenden braunen Haare schienen genau so zu bleiben, wie Amanda sie haben wollte.

Die Mädchen streiften sich eilig ihre Trainingsanzüge über und schlüpften in ihre Tanzschuhe.

„Wer zuerst da ist!“, rief Cassie und rannte zur Tür. Becky folgte ihr und gemeinsam stürmten sie den Flur entlang und die Treppe hinunter, während sich Amanda bedeutend würdevoller auf den Weg machte.

Unten angekommen, bog Cassie scharf nach rechts ab und prallte mit voller Wucht mit Miss Wrench zusammen. Zu Tode erschrocken machte Cassie den verzweifelten Versuch eines Knickses. Dabei stand sie jedoch so dicht vor ihrer Direktorin, dass ihre Stirn beinahe Miss Wrenchs Bauch berührte. Becky hatte es gerade noch geschafft, rechtzeitig hinter Cassie abzubremsen, und absolvierte ihren Knicks in einem angemesseneren Abstand.

„Das ist einfach skandalös“, rief Miss Wrench. „Dafür bekommst du einen Tadel. In Redwood erwarten wir höfliches und würdevolles Benehmen. Du kannst von Glück sagen, dass du neu an der Schule bist, sonst würde deine Strafe mit Sicherheit höher ausfallen. Wie ist dein Name?“

„Cass … Cassandra Brown, Miss Wrench“, stotterte Cassie.

„Nun gut, Cassandra. Ich hoffe doch, unser nächstes Zusammentreffen wird erfreulicher ausfallen.“

Als Miss Wrench weiterging, hörte Cassie ein schnaubendes Geräusch hinter sich. Becky versuchte sich vergeblich das Lachen zu verbeißen. Und hinter ihr stand Amanda und lächelte sie überheblich an.

Während des Unterrichts in *Modern Dance* versuchte Cassie nicht mehr an den Zwischenfall zu denken. Sie ärgerte sich grün und blau, dass sie sich schon nach so kurzer Zeit an der Schule einen Tadel eingehandelt hatte. Zum Glück hatten sie *Modern Dance* bei der netten Mrs Bonsing, die wohl bemerkte, dass Cassie nicht ganz bei der Sache war, sie aber in Ruhe ließ.

Mrs Bonsing zeigte ihnen eine Tanzbewegung, mit der fast alle ihre Schwierigkeiten hatten. Deshalb, erklärte sie ihnen, sollten sie sich einfach vorstellen, sie würden gleich einen Fußball in den Bauch geschossen bekommen und müssten diesen vorher abwehren. Als Mrs Bonsing sie dann auch noch ermutigte, während dieser Gegenbewegung ein lautes Stöhnen von sich zu geben, war die Übung lange nicht mehr so schwer. Anschließend tanzten sie zu einem Jazzstück, bei dem dieses Element im Mittelpunkt stand.

„Das hat Spaß gemacht!", keuchte Becky am Ende der Stunde. „Aber jetzt sterbe ich vor Hunger. Halb sieben ist einfach zu spät fürs Abendessen!"

„Nur noch fünf Minuten und du hast es geschafft", sagte Cassie. Sie war wieder bester Laune. „Außerdem fahren wir dieses Wochenende nach Hause. Ich freue mich schon so darauf."

„Ich mich auch. Ich kann es kaum abwarten, Hammy und Pünktchen und Anton wiederzusehen."

„Wer ist das denn?"

„Hammy ist mein Hamster", antwortete Becky, „und Pünktchen und Anton sind meine Mäuse. Pünktchen ist gescheckt und Anton ist ganz weiß mit kleinen rosa Augen und winzigen rosa Füßen."

„Oh, die sind bestimmt süß", sagte Cassie. „Ich habe zwei Meerschweinchen. Sie heißen Beethoven und Honey. Sie sind wirklich toll! Und du?", fragte sie Emily, die gerade aus der Dusche kam. „Hast du auch ein Haustier?"

„Nein, kein einziges."

„Und was hast du am Wochenende vor?", fragte Cassie.

„Ach, nichts Besonderes. Was ist jetzt eigentlich mit dem Obstpflücken nächste Woche?"

Cassie war schon mehrmals aufgefallen, dass Emily offensichtlich nicht gern über ihr Zuhause sprach. Also stellte sie ihr dazu keine weiteren Fragen.

Obwohl sie kein bisschen Heimweh gehabt hatte, freute sich Cassie wirklich sehr auf das Wochenende. Am Freitag wurde sie von ihrer Mutter abgeholt und sie fuhren gemeinsam nach Birmingham. Dort machten sie bei einem Fachgeschäft für Tanzsportkleidung Halt, weil Cassie noch zwei Trikots brauchte. Jedes Mädchen musste sieben Ballett-Trikots haben und als sie das letzte Mal in dem Geschäft eingekauft hatten, waren nur noch fünf Trikots in Cassies Größe vorrätig gewesen.

Als sie zum Auto zurückgingen, entdeckte Cassies Mutter einen schönen alten Tisch im Schaufenster eines Antiquitätenladens. Während ihre Mutter in den Laden ging, ließ sich Cassie auf einen Stuhl, der vor der Tür stand, fallen und stöberte solange in einer Kiste mit gebrauchten Taschenbüchern herum. Cassies Blick fiel auf eines ihrer Lieblingsballettbücher. Als sie die Geschichte zum ersten Mal gelesen hatte, hatte sie nicht im Traum daran gedacht, dass sie selbst einmal auf eine Ballettschule gehen würde. Wie sehr sich die Dinge doch geändert hatten!

Mit einem Mal fühlte sich Cassie sehr müde. Die ersten Wochen auf der Ballettschule waren doch ziemlich anstrengend gewesen. Zum Glück blieb ihre Mutter nicht sehr lange in dem Geschäft – der Tisch war zu teuer – und so fuhren sie weiter. Zu Hause begrüßte sie freudig ihren Vater, Rachel und Adam und ging dann erst mal in ihr Zimmer. Dort war noch alles genauso, wie sie es zurückgelassen hatte: die Ecke voller Kuscheltiere, der mit Büchern übersäte Boden und Puppen, wohin man auch schaute – Babypuppen, Porzellanpuppen, Puppen in allen Hautfarben und Kostümen.

Die Browns wohnten in einem alten Bauernhaus in einem kleinen Dorf im Westen Englands. Das Haus war mit der Familie mitgewachsen. Mit jedem Kind hatten es Cassies Eltern weiter ausgebaut, sodass es mittlerweile vier Schlafzimmer, eine große Wohnküche, ein Wohnzimmer und ein kleines Esszimmer hatte. Durch Zufall hatte Cassie das größte Schlafzimmer bekommen, was ihr sehr zugute kam, denn so konnte sie dort ungestört ihre Ballettübungen machen.

Obwohl sie sich wirklich sehr auf das Wiedersehen gefreut hatte, war Cassie viel zu müde, um sich an diesem Abend noch lange mit ihrer Familie zu unterhalten. Sie ging schon früh schlafen. Am nächsten Morgen fühlte sie sich ausgeruht und voller Tatendrang. Es war ein schönes Gefühl, mal wieder im eigenen Bett aufzuwachen. Cassie streckte sich genüsslich und überlegte, was sie mit diesem Tag anfangen würde. Was für eine Erholung vom strengen Tagesablauf im Ballettschloss! Aber wie immer hielt es Cassie, einmal wach, nicht mehr im Bett aus …

Einige Zeit später hörte sie ihren Bruder rufen: „Cassie, das Frühstück ist fertig!“

Unwillig über die Störung spulte Cassie die Kassette mit der Musik von Tschaikowskis *Schwanensee* an die Stelle zurück, für die sie gerade einen Tanz einstudierte. Sie musste den Tanz unbedingt noch einmal üben, sonst würde sie alles wieder vergessen. Während sich Cassie zur Musik bewegte, fühlte sie sich immer mehr als Schwanenprinzessin. Mit ihren Armen imitierte sie die Bewegung der Flügel, so wie sie es schon auf der Bühne gesehen hatte.

Im Geiste bewegte sich Cassie durch die Waldkulisse neben dem See. Es wurde dunkel und die Schwanenjungfern erwachten für eine Nacht zum Leben. Auf Zehenspitzen wirbelte und hüpfte sie lautlos durch den Raum und stellte sich vor, schon eine richtige Balletttänzerin zu sein. Als die Musik leise ausklang, sank sie behutsam auf den Boden und ließ ihren Oberkörper, ihre Arme und ihren Kopf langsam auf ihr ausgestrecktes Bein nieder. Genauso wie Anna Pawlowa es in dem alten Spielfilm *Der sterbende Schwan* getan hatte.

„Cassie!“, rief Adam erneut.

Cassie brauchte einen kurzen Moment, bis sie aus ihrer Traumvorstellung erwachte. „Hör auf, hier so rumzuschreien, Adam!“, rief Cassie wütend zurück.

Dann ging sie zum Frühstück hinunter.

„Was hast du denn nur so lange gemacht?“, fragte ihre Mutter. „Dein Rührei ist bestimmt schon kalt.“

„Ich habe sie ja schon vor einer Ewigkeit gerufen“, bemerkte Adam vorlaut. Adam war acht Jahre alt und ging Cassie ziemlich auf die Nerven.

„Wir haben verstanden, Adam“, sagte Cassies Vater und warf Adam einen warnenden Blick zu.

Nachdem Cassie mit dem Frühstück angefangen hatte, erzählte sie allen von ihrem Tanz, an dem sie gerade arbeitete.

„Also, es ist ein Tanz zu dem Stück, das ungefähr so geht: la, la-la la-la la le la la, ihr wisst schon, aus *Schwanensee.*“

„Ja, ich kenne das Stück“, sagte ihr Vater und zog seine buschigen Augenbrauen hoch.

„Ist das ein Tanz, den du in Redwood gelernt hast?“, fragte ihre Mutter.

„Nein“, antwortete Cassie lachend. „Den habe ich mir selbst ausgedacht.“

„Wenn du mit dem Üben fertig bist, kannst du ihn uns ja mal vorführen, nicht wahr, Jake?“

„Ja, natürlich“, sagte ihr Vater. Allerdings klang er lange nicht so begeistert wie ihre Mutter, fand Cassie.

Adam verzog das Gesicht. Es gefiel ihm ganz und gar nicht, wenn sich alles um seine Schwester drehte. „Wen interessiert schon dieser blöde alte Tanz?“

Cassies Vater wollte Adam gerade für seine freche Bemerkung zurechtweisen, als eine Portion von Rachels Frühstück auf ihm landete. Rachel war noch sehr klein und hatte bis zu diesem Zeitpunkt brav am Frühstückstisch gesessen.

Sie hatte gerade erst laufen gelernt. Zum Leidwesen der Familie war ihre Neugier jedoch bedeutend größer als ihre momentanen Fähigkeiten. Eine ihrer Lieblingsbeschäftigungen bestand darin, unbeobachtet auf Möbelstücken herumzuturnen. Erst letzte Woche war sie wieder flink auf den Küchentisch geklettert, als Cassies Mutter gerade mal nicht hingesehen hatte.

„Soll ich ein bisschen mit Rachel spielen?“, fragte Cassie. „Ich bin mit meinem Frühstück fertig.“

„Ja, danke, mein Schatz."

„Steig auf, kleine Schwester", sagte Cassie und ließ sich auf allen vieren nieder. Rachel kletterte sofort auf ihren Rücken und hopste wie eine wilde Reiterin auf und ab. Cassie trottete bereitwillig in der Küche herum, während Rachel lauthals „Hüh, hüh!" rief.

Später gab sie Rachel in die Obhut ihrer Mutter zurück und rief ihre alte Schulfreundin Katie an, um sie zu fragen, ob sie nicht am Nachmittag zu ihr kommen wolle. Katie war zwar zu Hause, hatte sich aber schon mit einer anderen Freundin verabredet.

Cassie stand die Enttäuschung ins Gesicht geschrieben.

„Damit musst du rechnen, Liebes", sagte ihre Mutter tröstend. „Wenn man sich nicht regelmäßig sieht, ist es schwer, den Kontakt aufrechtzuerhalten. Katie hat an ihrer neuen Schule eben neue Freunde gefunden, genau wie du auch. Da fällt mir gerade ein, du hast mir noch gar nichts von Becky und … ach ja, Emily, erzählt."

Also setzte sich Cassie mit ihrer Mutter in die Küche und berichtete ihr alles über ihre ersten Erlebnisse in Redwood und ihre neuen Freundinnen.

Dabei ließ sie nur eine Kleinigkeit aus: das unglückliche Zusammentreffen mit Miss Wrench und den Tadel, den sie dafür kassiert hatte. Denn daran wollte sie sich lieber nicht erinnern.

Das Mitternachts-Picknick

„Hallo, Cassie!“, rief Becky und stolperte voll bepackt zur Tür herein. Ihre Mutter folgte ihr, nicht weniger beladen.

„Hallo“, antwortete Cassie von ihrem Bett aus. „Hattest du ein schönes Wochenende?“

„Ja, danke. Es war sehr schön. Allerdings hat sich herausgestellt, dass Pünktchen und Anton nun doch nicht beide Männchen sind.“

Cassie sah Becky fragend an.

„Ich habe jetzt sechzehn Mäuse“, verkündete Becky mit dramatischer Stimme.

Beckys Mutter seufzte. „Ja, es war ein ziemlicher Schock. Zum Glück ist Becky dieses Wochenende nach Hause gekommen. Ich hätte gar nicht gewusst, wohin mit all den Mäusebabys.“

„Wirst du sie denn alle behalten?“, fragte Cassie.

„Da gehen die Meinungen etwas auseinander“, sagte Mrs Hastings. Becky nickte hinter dem Rücken ihrer Mutter heftig mit dem Kopf. „Da wären wir also, Liebes“, fuhr Mrs Hastings fort und gab Becky einen Abschiedskuss. „Sei schön fleißig. Du weißt ja, Redwood ist eine einzigartige Chance.“

„Ja, Mama. Ich ruf dich am Dienstag an.“

Nachdem Mrs Hastings gegangen war, schüttete Becky den gesamten Inhalt einer Tasche auf ihrem Bett aus. Cassie traute ihren Augen nicht. Noch nie im Leben hatte sie so viele Schokoriegel und Bonbontüten außerhalb eines Ladens gesehen.

„Sag bloß, du hattest Geburtstag?“, staunte Cassie.

„Nein, der ist schon ein paar Monate her. Ich habe einfach nur beschlossen, mein gesamtes Taschengeld auf den Kopf zu hauen.“

„Das reicht ja mindestens bis zu den nächsten Ferien!“, rief Cassie.

„Niemals, ich hasse es, Süßigkeiten aufzusparen. Komm, wir stürzen uns direkt ins Vergnügen!“ Becky hatte ihren ersten Schokoriegel bereits halb ausgepackt.

„Ich hab ’ne tolle Idee!“, rief Cassie aus und sprang auf. „Wir machen ein Mitternachts-Picknick in der Ruine!“

„Hm“, nickte Becky und biss in ihren Schokoriegel. „Aber wir müssen Emily noch einweihen. Am besten wir sehen uns die Ruine erst einmal bei Tag an – wie wär’s mit morgen Mittag? Was meinst du?“

Cassie nickte. Sie war ein bisschen enttäuscht, noch so lange warten zu müssen.

„Und wenn dort alles in Ordnung ist, kann es morgen Nacht schon losgehen. Aber vorher müssen wir uns noch eine Taschenlampe besorgen.“

„Oje, noch ein ganzer Tag. Das dauert ja ewig“, jammerte Cassie.

„Ich weiß, was wir machen. Es ist wirklich genug von dem Zeug da. Wir essen einfach die eine Hälfte schon heute Nacht. Wir müssen nur warten, bis Amanda eingeschlafen ist.“

Cassies Gesicht leuchtete auf. „Prima! Ich bin noch kein bisschen müde."

„Ist Amanda denn schon zurück?"

„Ja, sie war schon vor mir hier. Sie ist mal wieder beim Üben. Dieses Mädchen macht wohl nie eine Pause."

„Wenigstens schläft sie dann gut", meinte Becky.

Becky sollte Recht behalten. Nachdem um halb neun das Licht gelöscht worden war, dauerte es nicht lange, bis Amandas regelmäßige Atemzüge zu hören waren. Cassie wartete vorsichtshalber noch ein paar Minuten, bevor sie zu Beckys Bett hinüberschlich. Becky hatte die Tasche unter ihrem Bett versteckt. Sie zog den Süßigkeiten-Schatz hervor und legte ihn in die Mitte.

„Da haben wir einen guten Fang gemacht!", flüsterte sie.

Nachdem sie mehrere Schokoriegel verschlungen hatten, hörten sie plötzlich das Geräusch sich nähernder Schritte. Die Mädchen erstarrten. Glücklicherweise erholte sich Cassie gerade noch rechtzeitig von ihrem Schreck.

„Los, alles unter die Decke!", zischte sie.

Sie schubste Becky vom Bett, schüttete alles, was auf der Bettdecke lag – Schokolade, Papier mitsamt den angebissenen Schokoriegeln – auf Beckys Laken und sprang zurück in ihr Bett. Becky legte sich schnell, aber vorsichtig auf ihr nächtliches Festessen und zog die Decke bis zum Kinn hoch.

Das war knapp. Die Tür öffnete sich leise und Miss Eiseldown spähte herein. Vom Flur her fiel Licht in ihr Zimmer. „Alles in Ordnung bei euch?", fragte sie. „Ich dachte, ich hätte Stimmen gehört."

Sie warf einen Blick auf die beiden Mädchen, die sie unschuldig ansahen, und auf die schlafende Amanda.

„Ja, Miss Eiseldown, alles in Ordnung“, flüsterte Cassie. Becky konnte kein Wort sagen. Das Gefühl, langsam in klebrige, geschmolzene Schokolade einzusinken, weckte in ihr das unerträgliche Bedürfnis in Lachen auszubrechen.

„Schlaft jetzt. Ihr wisst doch, dass jetzt Nachtruhe ist.“

Die Tür schloss sich und es war wieder ganz dunkel im Zimmer. Es verging eine ganze Weile, bis die beiden wagten, sich zu rühren und miteinander zu sprechen. Dann schaufelten sie die ganze Bescherung von Beckys Laken in die Tasche zurück.

„Das bieten wir morgen den anderen an!“, lachte Cassie. „Die Schokolade mit dem Original-Becky-Abdruck!“

„Oh nein, bring mich bitte bloß nicht zum Lachen!“, flehte Becky und hielt sich verzweifelt den Bauch.

Am nächsten Morgen um sieben Uhr konnte die arme Becky endlich ihrem unterdrückten Lachen freien Lauf lassen. Ihr Übermut wurde allerdings schnell wieder gedämpft, als es darum ging, ihr schokoladenverschmiertes Laken und Nachthemd wieder sauber zu bekommen. Zusammen mit Cassie stand sie schließlich im Badezimmer und schrubbte, was das Zeug hielt.

Beim Frühstück hielt sich der Appetit der Mädchen ziemlich in Grenzen. Als die Ballettstunde begann, plagte Cassie schreckliches Bauchweh. Cassie hatte sich in den letzten Wochen in Miss Oaklands Ballettstunden wirklich sehr angestrengt. Aber als sie heute ihre *Pliés* und *Tendus*, *Ronds de jambe* und *Grands battements* übten, musste Cassie alle Kraft zusammennehmen, um sich auf die Übungen zu konzentrieren.

Die schwerste Hürde kam jedoch am Ende der Stunde, als sie Sprünge wie *Entrechat* und *Soubresaut* übten. Cassies Magen sträubte sich einfach mit aller Macht dagegen, dass sie in die Luft sprang.

„Hast du heute Cornflakes mit Bleigewichten gegessen, Cassandra?“, fragte Miss Oakland. „Ich glaube, du wirst uns jetzt sieben *Entrechats* und ein *Changement* deiner Wahl vorführen. UND ...“

Erbarmungslos gab die Musik den Takt für Cassies Übungen an. Obwohl ihr jeder Sprung noch mehr Übelkeit bereitete, zwang sich Cassie, viel höher zu springen als vorher. Sie wusste, dass dies ihre einzige Chance war, um von Miss Oakland in Ruhe gelassen zu werden. Und genauso war es auch.

Unglücklicherweise richtete Miss Oakland ihre Aufmerksamkeit nun auf Emily.

„Wie kommt es, dass du in meinem Unterricht so abgetragene Ballettschuhe trägst, Emily Pickering? Du hast bis morgen Zeit, um dir ein neues Paar zu besorgen. Andernfalls gibt’s einen Tadel!“

Cassie sah Emily die Verärgerung an. Nach der Stunde versuchte Cassie besonders nett zu ihr zu sein, aber Emily war sehr verschlossen. Miss Eiseldown erklärte ihnen, dass alle Schüler ein Instrument lernen sollten. Es gab Klavier-, Violin-, Cello-, Flöten-, Klarinetten- und Saxophonunterricht. Jeder durfte sich ein Instrument aussuchen und wurde dann von

Miss Eiseldown zu dem jeweiligen Musiklehrer geschickt, um einen Eignungstest zu machen.

Emily weigerte sich jedoch, ein Instrument zu lernen.

„Es muss doch ein Instrument geben, für das du dich ein bisschen interessierst?“, beschwor Miss Eiseldown sie.

„Nein, ich mag keine Musik“, sagte Emily trotzig.

„Erzähl das bloß nicht deinen Ballettlehrerinnen!“, riet ihr die Hausmutter.

Cassie und Becky sahen sich verwundert an. Was war bloß in Emily gefahren?

Die beiden Freundinnen gingen zu Mr Green, dem Musiklehrer für Streichinstrumente. Becky hatte sich für Cello und Cassie für Violine entschieden.

Der Eignungstest entpuppte sich als unerwartet lustig. Die Mädchen mussten sich mit der linken Hand auf den Kopf klopfen und sich dabei gleichzeitig mit der rechten Hand ihren Bauch reiben! Obwohl sie dabei ziemlich lachen mussten, bestanden sie beide den Test. Mr Green gab den beiden Mädchen ihre Leihinstrumente und teilte ihnen mit, wann ihre erste Stunde sein würde.

Voller Stolz trugen sie ihre Instrumentenkoffer – der eine viel größer als der andere – in ihr Zimmer.

„Wo bringe ich das Ding nur unter?“, fragte Becky und schaute sich suchend im Zimmer um, das bereits völlig überfüllt war.

„Warum legst du es nicht einfach unter dein Bett?“

Zum Glück waren die Bettgestelle ziemlich hoch, sodass das Cello dort problemlos Platz fand.

„Komm schon, Cassie, höchste Zeit fürs Mittagessen."

„Wie kannst du nur immerzu ans Essen denken?"

Auf dem Flur trafen sie Emily. Sie sah aus, als habe sie gerade geweint.

„Was ist denn los, Emmy?", fragte Cassie besorgt.

„Ach nichts", murmelte Emily.

Cassie blickte Becky an, die hilflos mit den Schultern zuckte.

„Kommst du nach dem Mittagessen mit zum Obstpflücken?", fragte Cassie, die es für besser hielt, das Thema zu wechseln.

„Oh ja, Emily, du musst unbedingt mitkommen. Die Köchin hat uns ein paar Obstkörbe gegeben. Und von den Pflaumen will sie dann für uns alle Kuchen backen."

Emily lächelte zaghaft. „Ja, das klingt nett."

Wie sich herausstellte, war das Obstpflücken genau das Richtige, um Emily aufzuheitern. Schon bald war sie wieder ganz die Alte.

Die Pflaumenbäume ächzten nur so unter der Last ihrer Früchte und es dauerte nicht lange, bis die Mädchen zwei Körbe voll gepflückt hatten. Es war ein warmer Septembertag. Unbeschwert widmeten sich die Mädchen der Ernte – bis Cassies Blick auf ihre Uhr fiel.

„Oje, schon zwei Uhr!", rief sie entsetzt.

„Oh nein!", stöhnte Becky. „Und wir haben jetzt auch noch ausgerechnet Französisch. Ihr wisst ja, wie wichtig es Mademoiselle Beauchamp mit der Pünktlichkeit nimmt."

Eilig schnappten sich die Mädchen ihre Körbe und rannten zur Schule zurück.

„Jetzt haben wir die Ruine gar nicht ausgekundschaftet“, keuchte Cassie auf dem Weg zur Schulküche.

„Das machen wir dann eben morgen“, schlug Emily vor.

„Nein. Wir gehen einfach heute Nacht noch einmal hin und machen dort unser Mitternachts-Picknick.“

„Aber wir haben doch gar keine Taschenlampe“, warf Becky ein.

„Ich kann mir die von Jane leihen“, meinte Emily.

„Prima. Dann kann's heute Nacht ja losgehen!“, jubelte Cassie, als sie die Körbe in der Küche abgaben. Dann flitzten sie zum Französischunterricht.

Als Becky Mademoiselle Beauchamp den Grund ihres Zuspätkommens erklärte, verzieh sie ihnen gnädig. Cassie fiel ein Stein vom Herzen. Sie hatte schon befürchtet, wieder einen Tadel zu bekommen!

Der Nachmittag schien überhaupt kein Ende zu nehmen: Französisch, Englisch, Bio, Hausaufgaben und schließlich Ausdruckstanz bei Mrs Bonsing. Cassie wurde immer aufgeregter. Als sie beim Abendessen saßen, konnte sie es kaum noch abwarten, bis es endlich halb neun war. Dann würden nämlich endlich alle schlafen gehen und es wäre dunkel genug für ihr Abenteuer.

Da sie auf keinen Fall wollten, dass Amanda etwas von ihrem nächtlichen Ausflug mitbekam, mussten sie schließlich bis neun Uhr warten, bis Amanda fest schlief. Vorsichtig klopften sie an Emilys Tür. Emily kam sofort herausgeschlüpft. Sie hatte schon seit einer halben Stunde, ausgestattet mit Anorak und Taschenlampe, auf das Zeichen ihrer Freundinnen gewartet. Leise schloss sie ihre Zimmertür und die Mädchen schlichen auf Zehenspitzen über den Flur. Becky trug eine Tasche voller Süßigkeiten.

Plötzlich hörten sie, wie jemand mit zielstrebigen Schritten die Treppe heraufkam. Eilig flüchteten sie so leise wie möglich zum anderen Ende des Flurs und versteckten sich in der Nische des Notausgangs. Cassie spähte um die Ecke und erblickte eine Person mit grauen Haaren. Sie zog ihren Kopf zurück.

„Die Wrench!“, zischte sie.

Die Mädchen pressten ihre Körper gegen den Notausgang und hielten den Atem an. Cassie konnte es einfach nicht glauben, dass sie so vom Pech verfolgt wurde. Zuerst dieser tollpatschige Zusammenstoß mit der Direktorin und jetzt auch noch das!

Sie betete inbrünstig, Miss Wrench würde nicht ausgerechnet auf dem Weg zu ihrem Zimmer sein. Zu ihrer Erleichterung ging Miss Wrench daran vorbei und die Treppe weiter hinauf. Wenn sie jetzt ihren Kopf drehte, wären sie verloren.

Die Mädchen rührten sich nicht. Cassies Herz schlug ihr bis zum Hals. Würden sie um diese Uhrzeit außerhalb ihrer Zimmer erwischt, blühte ihnen mit Sicherheit eine harte Bestrafung. Aber Miss Wrench sah keine Veranlassung sich umzudrehen und war schon bald außer Sichtweite.

„Jetzt aber nichts wie weg hier, bevor sie noch mal zurückkommt“, flüsterte sie ihren Freundinnen zu.

„Ich habe eigentlich keine große Lust, die Treppe hinunterzugehen. Was ist, wenn sie uns genau in dem Moment begegnet?“, fragte Emily.

„Und wenn wir einfach die Feuertreppe benutzen?“, schlug Becky vor.

Sie standen direkt davor. Als sie den Türriegel öffneten, beteten sie, dass niemand das quietschende Geräusch hören würde. Zum Glück ließ sich die Tür selbst geräuschlos öffnen und schon waren sie in Sicherheit. Draußen war es ziemlich kühl. Mit angehaltenem Atem schlichen sie die Metallstufen hinunter. Aber trotz aller Vorsicht ließ sich ein leichtes metallisches Klappern nicht vermeiden.

Der Mond schien so hell, dass sie problemlos ohne Taschenlampe über das Gelände gehen konnten. Sie brauchten sie erst, als sie an der Ruine angekommen waren.

Die Ruine entpuppte sich als ein alter Turm, der allerdings nicht mehr allzu hoch war. Überall lagen Steinbrocken und Mauerreste herum.

„Das hier war bestimmt nur so eine Schnapsidee!“, sagte Becky, als sie das Gelände erforschten.

„Was meinst du denn damit?“, fragte Cassie.

„Na ja, ich meine, das hat sich irgend so ein verrückter Lord bauen lassen, einfach so aus Lust und Laune.“

„Wie romantisch!“, schwärmte Cassie.

Sie nahm Emily die Taschenlampe aus der Hand und kletterte ins Innere des Turmes. Der Turm hatte zwar kein Dach mehr, aber dafür immerhin noch ein Stück Wendeltreppe, das in den Himmel ragte.

„Ich geh mal nach oben!“, flüsterte Cassie.

„Sei bloß vorsichtig!“, zischte Emily. „Sonst knickst du noch um.“

„Na klar!“ Cassie kletterte die Treppe so weit wie möglich hinauf. Oben angekommen streckte sie ihren Kopf über die Brüstung und winkte ihren Freundinnen übermütig zu.

„Hey, ich glaube da steht ein Haus hinter den Bäumen“, rief sie leise zu Becky und Emily hinunter. Sie stand mit dem Rücken zum Schulgebäude. „Da brennt Licht. Wollt ihr nicht hochkommen und es euch ansehen?“

Sie leuchtete ihnen mit der Taschenlampe den Weg, bis sie schließlich alle drei dicht zusammengedrängt auf der obersten Stufe standen.

„Es sieht ziemlich klein aus – vielleicht ist es so eine Art Hütte“, sagte Becky.

„Und es befindet sich noch auf dem Schulgelände. Siehst du da hinten die Grenzmauer? Die ist noch ein gutes Stück davon entfernt“, sagte Emily. „Vielleicht wohnt dort der Hausmeister.“

„Nein“, antwortete Becky. „Der Hausmeister wohnt am anderen Ende des neuen Gebäudes – neben den Schlafräumen der Jungs.“

„Dann handelt es sich also um ein Geheimnis“, verkündete Cassie. „Und Geheimnisse müssen erforscht werden. Und zwar gleich morgen nach dem Mittagessen. Was meint ihr?“

„Lass uns erst einmal wieder sicher in unsere Zimmer zurückkehren, bevor du anfängst neue Pläne zu schmieden“, sagte Emily.

„Ähm, kann es sein, dass ihr zwei fast etwas Wichtiges vergessen hättet?“, fragte Becky und raschelte mit der Plastiktüte.

„Wie konnten wir nur?“, lachte Cassie.

Sie setzten sich auf die unteren Treppenstufen und ließen die Tasche rundgehen. In der Stille der Nacht war das Papierknistern und genüssliche Kauen der Mädchen nicht zu überhören.

Becky kicherte. „Wenn die Wrench uns jetzt sehen könnte!“, murmelte sie.

„Sei bloß still“, sagte Emily zitternd. „Ich wünschte, ich wär jetzt in meinem schönen warmen Bett.“

„Aber dann hättest du dieses tolle Erlebnis verpasst!“, rief Cassie. „Es ist doch so eine schöne Nacht!“

Die drei blickten zum Himmel hoch. Über ihnen leuchteten die Sterne und es war sogar fast Vollmond.

„Da ist der Große Wagen!“, rief Cassie und zeigte zum Himmel. Es war das einzige Sternbild, das sie kannte.

„Pst!“, flüsterte Emily ängstlich. „Sei doch nicht so laut!“

Cassie lachte. So langsam kroch die Müdigkeit und Kälte in ihre Glieder. Die Mädchen sammelten die Papierreste ein und machten sich schweigend auf den Rückweg.

Da drin schlafen jetzt schon alle, dachte Cassie bei sich. Als sie am Mädchenflügel angekommen waren, glaubte Cassie eine dunkle Gestalt an der Hauswand vorbeihuschen zu sehen. Sie blinzelte und sah noch einmal genau hin – die Gestalt war verschwunden.

„Hoffentlich taucht Miss Wrench jetzt nicht mehr auf“, flüsterte Emily.

„Natürlich nicht“, sagte Cassie. Dabei war sie sich in Wirklichkeit gar nicht so sicher.

So leise wie nur möglich stiegen die Mädchen die Metallstufen hinauf. Trotzdem hörte man immer noch das leise klackernde Geräusch ihrer Straßenschuhe. Cassie drückte gegen die Tür, um sie zu öffnen.

Aber nichts geschah.

„Sie ist von innen verriegelt!", zischte sie den anderen zu. Mit aller Kraft stemmten sich die drei gegen die Tür. Sie bewegte sich keinen Zentimeter.

„Vielleicht hat einer der Lehrer gesehen, dass der Riegel offen war", flüsterte Emily.

Becky stöhnte und ließ sich auf die oberste Stufe sinken. „Was sollen wir denn jetzt bloß machen? Um diese Uhrzeit sind alle anderen Türen längst verschlossen."

Cassie starrte auf das Fenster, das direkt neben dem Notausgang lag.

„Seht doch mal!", rief sie. „Das Fenster ist offen. Ich kann von hier aus auf die Fensterbank klettern."

„Nein!", rief Emily. „Du fällst noch runter!"

„Es ist wirklich ziemlich hoch", stimmte ihr Becky zu.

Aber Cassie kümmerte sich nicht weiter darum. Sie setzte ihren Fuß auf die Schelle eines Fallrohrs der Regenrinne und griff mit der linken Hand nach der Fensterbank.

„Und was ist, wenn das Rohr bricht!", stöhnte Emily.

Cassie atmete schwer. So wie sie da zwischen Fensterbank und Feuertreppe hing, war ihr ziemlich mulmig zumute. Sie versuchte sich zu beruhigen und wartete, bis ihr Herz aufhörte wie wild zu schlagen. Hätte sie doch nur auf Emily gehört! Sie schwor sich, niemals wieder so etwas zu tun. Dann holte sie tief Luft, zog sich auf die Fensterbank hoch und landete unsanft auf dem Fußboden des Schlafzimmers.

„Was um Himmels willen ...“, rief ein Mädchen in dem Zimmer, das blitzartig hochgeschreckt war. Sie knipste das Licht an und die anderen beiden rieben sich die Augen und sahen sich verwirrt um.

„Pst!“, flehte Cassie. „Erzählt bloß Miss Eiseldown nichts davon. Wir sind ausgesperrt worden.“

„Ach so!“, flüsterte das Mädchen. „Dann mach mal, dass du schnell in dein Zimmer kommst!“

Cassie schlüpfte eilig aus dem Zimmer. Ihre Hände zitterten immer noch, als sie die Tür des Notausgangs öffnete.

„Alles in Ordnung!“, flüsterte sie.

Becky und Emily schlichen in den Flur und schlossen schnell die Tür ab. Das quietschende Geräusch ließ ihnen das Blut in den Adern gefrieren. Erleichtert krochen sie in ihre Betten, ohne dass irgendjemand sonst etwas von ihrem nächtlichen Ausflug bemerkt hatte – zumindest glaubten sie das.

Mrs Allinghams Haus

Am nächsten Morgen verkündete die Sonne einen strahlend schönen Tag. Doch um sieben Uhr kam Miss Eiseldown in Cassies Zimmer und musste die drei Mädchen mühsam wachrütteln. Schlaftrunken zwang sich Cassie zum Aufstehen. Sie hätte noch so gern ein bisschen weitergeschlafen. Becky sah noch blasser aus als sonst und blinzelte sie aus verquollenen Augen an. Seltsamerweise sah auch Amanda ziemlich übernächtigt aus.

Das muss am vielen Üben liegen, dachte Cassie gereizt bei sich.

„Na, gut geschlafen?“, murmelte Amanda.

„Ja, danke“, antwortete Cassie verwundert. Das hatte Amanda sie bisher noch nie gefragt.

Als Amanda in Richtung Badezimmer verschwunden war, machte Cassie Becky auf Amandas verdächtiges Verhalten aufmerksam.

„Worauf willst du denn hinaus, Cassie? Du hast doch genau wie ich gesehen, dass Amanda tief und fest geschlafen hat, als wir uns aus dem Zimmer geschlichen haben.“

„Na ja, zumindest sah es so aus, als ob sie schlafen würde“, sagte Cassie. „Aber als wir gestern Nacht von der Ruine zurückgekommen sind, habe ich für einen Moment geglaubt, jemanden zu sehen. Wer weiß, vielleicht ist sie uns ja gefolgt?“

„Ach, das glaube ich nicht", sagte Becky matt. „Du bist einfach nur misstrauisch."

„Na klar und wahrscheinlich war es auch ein Geist, der den Notausgang verriegelt hat, während wir noch draußen waren!" Cassie schob wütend ihr Kinn nach vorn und war Becky gegenüber für den Rest des Morgens ziemlich kurz angebunden.

Beim Mittagessen hatte Cassie ihren Groll wieder vergessen und war in Gedanken schon bei ihren neuen Plänen. Während sie mit Becky und Emily im Speisesaal ihre Makkaroni mit Käse und Salat aß, erinnerte sie ihre Freundinnen an ihr Vorhaben.

„Habt ihr eigentlich schon vergessen, dass wir noch ein paar Würmer einfangen wollten?", fragte sie.

„Ach, stimmt ja! Es ist wirklich höchste Zeit, dass wir es den anderen endlich heimzahlen", sagte Becky.

„Und wir müssen auch noch das kleine Haus im Wald auskundschaften", fuhr Cassie fort.

„Ich komme mit", sagte Becky. „Ich hole mir nur noch schnell etwas Pudding."

Als die drei Mädchen zu ihrem nächtlichen Ausflugsziel zurückkehrten, stellte Cassie enttäuscht fest, dass die Ruine bei Tageslicht längst nicht so geheimnisvoll aussah. Von dem Häuschen war von der Turmspitze aus nur ein winziges Stück zu erkennen. Es wurde fast ganz von den Bäumen verdeckt.

„Kein Wunder, dass man es von der Schule aus nicht sehen kann", sagte Becky.

Zuerst suchten sie das Gelände um die Ruine herum ab, bis

sie schließlich eine alte Bonbondose voller Würmer und Schnecken gesammelt hatten. Danach folgten sie dem Pfad durch den Wald, der am Gartentor des kleinen Hauses endete.

Das Haus war mit Kletterrosen und Efeu bewachsen und auf dem Dach drehte sich munter ein Wetterhahn. Beim Näherkommen erkannten sie eine ältere Frau, die gerade an der Hecke neben dem Gartentor Unkraut jätete. Überrascht schaute sie die Mädchen an und richtete sich auf, wobei sie sich mit einer Hand den Rücken hielt.

„Hallo, ihr seid bestimmt vom Ballettschloss. Wisst ihr, ich bekomme hier nur selten Besuch."

Sie zog ihre Gartenhandschuhe aus und gab jeder von ihnen die Hand.

„Ich bin June Allingham. Schön euch kennen zu lernen."

Während sich die Mädchen schüchtern vorstellten, betrachtete Cassie die faltigen Hände mit den von Gicht geschwollenen Gelenken der alten Frau.

„Können wir Ihnen vielleicht ein bisschen bei der Gartenarbeit helfen?", fragte Cassie.

„Das ist aber nett von euch", sagte Mrs Allingham. „Ich könnte tatsächlich ein bisschen Hilfe gebrauchen."

Cassie sah ihre Freundinnen verstohlen an. Die beiden lächelten zustimmend.

„Wir könnten morgen in der Mittagszeit wiederkommen", schlug Cassie vor.

„Ja, das wäre sehr nett. Aber nur, wenn ihr auch wirklich Zeit habt. Ich weiß nur zu gut, wie voll euer Stundenplan ist." Sie lächelte verträumt. „Dann will ich euch jetzt nicht länger aufhalten, wenn ihr schon morgen eure Mittagspause für mich opfert. Ich habe mich wirklich sehr über euren Besuch gefreut."

Die Mädchen verabschiedeten sich und kehrten zur Schulwiese zurück, auf der sich die meisten jüngeren Schüler während der Mittagspause aufhielten.

„Ich frage mich, was Mrs Allingham wohl mit Redwood zu tun hat", sagte Cassie.

„Vielleicht ist sie eine ehemalige Schülerin", vermutete Becky.

„Irgendwie kommt mir ihr Gesicht bekannt vor, ich weiß nur nicht woher!", sagte Emily.

„Das werden wir alles morgen in der Mittagszeit herausfinden", verkündete Cassie strahlend. Ihr Lächeln verschwand. „Oh nein. Mir fällt gerade ein, dass ich ja jetzt meine erste Violinstunde habe!" Sie verschwand eilig, um ihr Instrument aus ihrem Zimmer zu holen.

Tatsächlich löste sich das Rätsel bereits am nächsten Morgen beim Frühstück. Emily setzte sich zu Becky und Cassie an den Tisch und blickte sie zufrieden an.

„Ratet mal, wen ich gerade gesehen habe", sagte sie. „Mrs Allingham!"

„Aber das haben wir doch schon gestern", sagte Becky.

„Nein, ich meine, ich habe sie auf den Fotos in der Eingangshalle gesehen. Eines davon zeigt sie: Mrs J. Allingham. Sie hat hier jahrelang als Lehrerin gearbeitet!"

Emily konnte sich allerdings über die Lösung des Rätsels nicht lange freuen. Miss Oakland hatte nämlich ihre gestrige Androhung nicht vergessen.

„Dann wollen wir uns mal deine Schuhe ansehen, Emily Pickering", sagte sie streng, bevor sie mit den Übungen anfing.

Emily streckte der Ballettlehrerin widerwillig einen Fuß entgegen, damit sie ihn begutachten konnte.

„Habe ich dir nicht gesagt, dass du dir bis heute neue Schuhe besorgen sollst?"

„Ich habe sie doch gestopft, Miss Oakland ...", antwortete Emily leise.

„Davon war aber nicht die Rede, Emily. Das gibt einen Tadel. Hier in Redwood ist das Beste gerade gut genug. Wenn du eine gute Tänzerin werden willst, darfst du das niemals vergessen."

Emily war den Tränen nahe. Voller Mitgefühl versuchten Cassie und Becky den ganzen Morgen über Emily wieder aufzuheitern. Emily verzog jedoch keine Miene und starrte finster vor sich hin. Beim Mittagessen fragte Becky, ob sie hinterher, wie abgesprochen, mit zu Miss Allingham komme.

„Nein, geht ruhig allein hin. Ich glaube, ich bin heute nicht sonderlich unterhaltsam."

„Eigentlich brauchen wir dich ja auch nur für die Gartenarbeit und weniger als Unterhaltungskünstlerin", scherzte Cassie. Zu ihrem Entsetzen brach Emily in Tränen aus. „Oh, das wollte ich wirklich nicht, Emmy. Ich habe doch nur Spaß gemacht."

„Es ist nicht wegen dir", schniefte Emily. „Es ist wegen der blöden Ballettschuhe. Wie soll ich denn bloß morgen ohne die neuen Schuhe zum Unterricht gehen?"

„Aber das ist doch ganz einfach. Du gehst runter ins Magazin und lässt die neuen Schuhe auf die Rechnung deiner Eltern setzen", sagte Becky. Ihr war absolut schleierhaft, warum Emily nur so ein Theater veranstaltete.

Aber Cassie dämmerte langsam, wo das Problem lag. „Kann sich deine Mutter die neuen Schuhe nicht leisten?"

„Nein", antwortete Emily unglücklich. „Zu Beginn des Schuljahres haben wir einen Zuschuss für die Ballettausrüstung bekommen, aber davon ist jetzt nichts mehr übrig. Und Mama hat so wenig Geld, dass ich sie unmöglich darum bitten kann, mir noch mehr zu kaufen."

Becky blickte Emily entsetzt an. Ihre eigenen Eltern waren sehr wohlhabend und sie war das einzige Kind. Noch niemals in ihrem Leben hatte es ihr an irgendetwas gemangelt.

„Mach dir keine Sorgen, Emmy", sagte Cassie und legte tröstend einen Arm um Emily. „Uns wird schon was einfallen."

Beckys Gesicht leuchtete auf. „Kein Problem!", rief sie. „Wir setzen die Schuhe einfach auf die Rechnung meiner Mutter. Später erkläre ich ihr alles! Sie hat bestimmt nichts dagegen."

„Nein, das geht auf gar keinen Fall. Stell dir nur mal vor, was meine Mutter dazu sagen würde, wenn sie es erfahren würde."

„Hätte ich bloß nicht mein ganzes Taschengeld für Süßigkeiten ausgegeben", seufzte Becky.

„Das hätte ich sowieso nicht angenommen", antwortete Emily schnell. „Los, kommt!", sagte sie. „Lasst uns zu Mrs Allingham gehen."

Und so machten sich die drei mit hängenden Köpfen auf den Weg.

Die alte Dame erwartete sie bereits im Garten. Neben ihr lagen einige Gartengeräte, die sie den Mädchen zum Unkrautjäten und für sonstige kleinere Arbeiten in die Hand drückte. Nach ungefähr zwanzig Minuten wurden sie von Mrs Allingham an einen Tisch mit einer Holzbank gerufen. Auf dem Tisch stand ein Tablett mit selbst gemachter Limonade und Gebäck.

Durstig tranken sie ihre Limonade und Becky nahm sich als Einzige etwas von dem Gebäck.

„Vielen Dank, aber ich bin noch ganz satt vom Mittagessen“, erklärte Cassie, als ihr Mrs Allingham den Teller mit dem Gebäck reichte.

„Ich auch“, sagte Emily.

„Ihr jungen Tänzerinnen seid alle so dünn“, sagte Mrs Allingham kopfschüttelnd. „Zu meiner Zeit hatten wir wenigstens noch ein bisschen Fleisch auf den Rippen.“

Die Mädchen lachten. „Waren Sie denn eine Tänzerin, bevor sie Lehrerin wurden?“, fragte Cassie.

Die alte Dame nickte. „Oh ja, das war ich. Ich tanzte beim Royal Ballet, als Margot Fonteyn Primaballerina war. Sie war einfach wundervoll. Und sie hat so viele Jahre als Tänzerin auf der Bühne gestanden. Im Gegensatz zu mir!“ Sie lachte.

„Haben sie zur selben Zeit getanzt wie Rudolf Nurejew?“, fragte Cassie aufgeregt. Er war einer ihrer größten Idole.

„Nur noch die eine Saison, bevor ich mit dem Tanzen aufgehört habe. Das war kurz nach seiner Flucht aus Russland. Er war einfach sensationell! Wir britischen Tänzer hatten noch nie zuvor jemanden gesehen, der so hoch springen konnte."

Sie seufzte und rieb sich ihre geschwollenen Handgelenke. „Ich erinnere mich noch gut daran, wie er mit Fonteyn als Julia den Romeo getanzt hat. Er war so stark und männlich. Und gleichzeitig spürte man die wahre romantische Natur dieser Rolle. Ihr müsst wissen, dass Margot Fonteyn damals schon über vierzig war. Und trotzdem war sie absolut überzeugend als süße, unschuldige Julia von fünfzehn Jahren. Zusammen waren sie und Nurejew einfach … einmalig. Wirklich einmalig."

Als sie abbrach und wieder seufzte, warf Becky einen Blick auf ihre Uhr. Es war Zeit zurückzugehen. Mrs Allingham dankte ihnen und lud sie ein, sie jederzeit wieder zu besuchen. Dann nahm sie mit zitternden Händen drei Geldmünzen aus einer alten, schwarzen Geldbörse und legte sie auf den Tisch.

„Hier ist noch ein kleines Taschengeld für euch."

Cassie hatte überhaupt nicht damit gerechnet, für die Arbeit bezahlt zu werden, und wollte ihr gerade danken, als Emily Einspruch erhob.

„Oh nein, Mrs Allingham. Das können wir auf keinen Fall annehmen. Wir haben Ihnen wirklich gern geholfen und es war sehr schön, dass Sie uns von früher erzählt haben."

Cassie schluckte herunter, was sie hatte sagen wollen, und sie verabschiedeten sich und machten sich auf den Rückweg.

„Du hättest das Geld doch so gut gebrauchen können", sagte Cassie unterwegs zu Emily.

„Aber es wäre nicht richtig gewesen, es anzunehmen!“, widersprach Emily. „Vielleicht hat sie ja selbst nicht viel Geld.“

„Auf jeden Fall musst du irgendwoher neue Schuhe bekommen!“

Als sie sich in die Schlange der Jungen und Mädchen einordneten, die in ihre Klassenzimmer strömten, gesellte sich Amanda zu ihnen.

„Wo seid ihr denn gerade so schnell hingeschlichen?“, fragte sie.

Cassie sah ihre Freundinnen warnend an. Mrs Allingham sollte ganz allein ihr Geheimnis bleiben.

„Wir sind nur ein bisschen durch den Obstgarten geschlendert“, antwortete sie.

Amanda zuckte mit den Schultern und schwieg beleidigt. In der folgenden Stunde beugte sich Emily zu Cassie hinüber und begann ihr etwas ins Ohr zu flüstern.

„Ich weiß jetzt, was ich mache. Ich hole mir ein Paar Schuhe aus dem Magazin. Mama bekommt die Rechnung sowieso erst am Ende des Schulhalbjahres. Und bis dahin spare ich mein ganzes Taschengeld und verdiene mir noch etwas in den Ferien dazu. Vielleicht kann ich ja Zeitungen austragen oder so.“

Cassie freute sich, dass Emily einen Ausweg gefunden hatte. Allerdings bezweifelte sie stark, dass Emilys Ersparnisse auf Dauer reichen würden, um sich ständig neue Ballettschuhe kaufen zu können. Immerhin nutzten sie sich hier sehr schnell ab.

Cassies Gedanken kreisten aber auch um ein ganz anderes

Thema. Sie dachte an die Dose voller Würmer. Bis jetzt hatten sie leider noch keine Gelegenheit gehabt, unbemerkt an die Betten der Mädchen ranzukommen.

Genau in diesem Moment forderte sie die Englischlehrerin auf, ihr Buch mit dem Titel *Das Weihnachtslied* aufzuschlagen. Als Cassie ihre Tasche durchsuchte, stellte sie fest, dass sie es vergessen hatte.

Das ist die Gelegenheit!, dachte sie und hob die Hand.

„Was gibt's denn, Cassandra?", fragte Mrs Pointer.

„Darf ich bitte mein Buch aus meinem Zimmer holen gehen?", fragte sie höflich.

Mrs Pointer erlaubte es ihr, und Cassie rannte nach oben. Auf dem Flur war keine Menschenseele zu sehen. Zuerst holte sie ihr Buch aus ihrer Schreibtischschublade und dann die Dose mit den Würmern …

Ferienpech

An diesem Abend konnte es Cassie kaum erwarten, bis es endlich Zeit war schlafen zu gehen. Aber dann ging alles ganz schnell. Nachdem alle Mädchen in ihre Betten geschlüpft waren, dauerte es keine Minute, bis der Flur von Schreien und wildem Gekreische widerhallte. Cassie und Becky brachen in schallendes Gelächter aus. Ihr Plan war aufgegangen.

Zu ihrer Beunruhigung schienen die Stimmen jedoch immer lauter zu werden und vor allem näher zu kommen.

Die Tür flog auf und alle acht Mädchen der Klasse über ihnen stürmten herein und warfen haufenweise Würmer in ihr Zimmer. Unglücklicherweise landeten die meisten davon auf Amandas Bett. Noch nie hatte Cassie jemanden so laut schreien hören wie Amanda in diesem Moment.

Kein Wunder also, dass es nicht lange dauerte, bis Mrs Eiseldown im Morgenmantel erschien. Diesmal sah sie noch wütender aus als damals bei der Kissenschlacht.

„Was geht hier vor?“

Amanda, die sich augenblicklich wieder gefasst hatte, erzählte Mrs Eiseldown von dem Überfall der Mädchen, die sie mit Regenwürmern überschüttet hatten. Schließlich kam die ganze Geschichte heraus und Mrs Eiseldown war über alle Beteiligten ziemlich entsetzt, ausgenommen Amanda natürlich.

„Cassandra und Rebecca, wenn ich von euch beiden dieses Schuljahr nur noch einen Mucks zu hören bekomme, dann könnt ihr was erleben. Und was euch ältere Mädchen angeht, so verdient euer Benehmen erst recht Bestrafung. Schließlich liegen eure Zimmer nicht zuletzt deshalb auf diesem Flur, damit ihr euch mit den neuen Schülerinnen anfreundet und sie ein wenig anleitet. Ihr bekommt alle Hausarrest. Morgen früh meldet ihr euch bei mir!“

Als alle in ihre Zimmer zurückgekehrt waren, legte sich Cassie in ihr Bett zurück. Sie war sehr froh, noch einmal so glimpflich davongekommen zu sein. Erleichtert dachte sie daran, dass sie schon morgen Abend in die Herbstferien nach Hause fahren würde. Gleichzeitig war sie aber auch ein bisschen traurig darüber, ihre Freundinnen eine Weile nicht sehen zu können. Sie hatte so viel Zeit mit ihnen verbracht, dass sie jetzt schon wusste, sie würde sie vermissen.

Am Freitagabend wurde Emily als Erste abgeholt und Cassie wünschte ihr insgeheim bei der Suche nach einem Ferienjob viel Glück.

Auf der Heimfahrt nach Shropshire erinnerte sich Cassie daran, wie müde sie war, als sie das erste Mal übers Wochenende nach Hause gefahren war. Sieht ganz so aus, als hätte ich inzwischen eine bessere Kondition, dachte Cassie. Zu Hause angekommen, erzählte sie ihrer Mutter über eine Stunde lang von den neuesten Ereignissen in der Schule. Hinterher durfte sie noch fernsehen. Nach all dem frühen Zubettgehen war das ein wahrer Luxus. Ihr Bruder Adam war allerdings weniger begeistert, schließlich musste er schon ins Bett, bevor der Film zu Ende war.

„Wir nehmen dir den Rest auf Video auf“, versprach Cassies Mutter.

„Das ist so ungerecht“, jammerte Adam. „Kaum ist sie zu Hause, darf sie lange aufbleiben!“

Cassies Mutter ging gar nicht erst darauf ein und begleitete ihren protestierenden Sohn nach oben. Am nächsten Morgen schien Adam „mit dem linken Fuß aufgestanden zu sein“, wie Cassies Vater es ausdrückte. Entweder war er immer noch wegen des Films sauer oder es fiel ihm schwer, sich wieder an seine Schwester zu gewöhnen. Jedenfalls verhielt er sich Cassie gegenüber ziemlich unausstehlich. Cassie verschlimmerte die Situation noch, indem sie ihn bei jeder Gelegenheit herumkommandierte und ihm deutlich zu verstehen gab, dass sie schließlich schon ein großes Mädchen war und auf ein Internat ging, während er nichts anderes als ein kleiner, dummer Junge war.

Adam wurde mit jedem Tag ungenießbarer, während sich Cassie immer mehr langweilte – sie war es einfach nicht gewöhnt, nichts zu tun zu haben. Die Geduld ihrer Eltern wurde aufs Äußerste strapaziert. Rachel war die Einzige, die sich von den beiden sich zankenden Kindern nicht beeindrucken ließ und nach wie vor das süße, wenn auch laute Baby blieb.

Cassies Vater nahm Adam ein paar Mal mit zum Angeln, während Cassies Mutter mit ihren Töchtern einkaufen oder im Park spazieren ging. So entspannte sich die Lage etwas. Für Freitag hatte Cassie ihre alte Schulfreundin Katie zu sich nach

Hause eingeladen. An diesem Tag lungerte Adam schon die ganze Zeit untätig im Haus herum. Alle seine Freunde waren beschäftigt und sein Vater musste sich in der Schule für die kommende Woche vorbereiten.

„Mein Bruder geht mir ganz schön auf den Keks", beschwerte sich Cassie bei Katie, während sie in ihrem Zimmer Musik hörten.

„So schlimm wie meiner ist er bestimmt nicht!", sagte Katie. „Gestern hat er ein Stück von einem Filzstift gegessen. Seine Windel war anschließend ganz grün!"

„Oh nein!", rief Cassie und bog sich vor Lachen. „Aber er ist ja auch erst zwei", sagte sie, als sie sich wieder beruhigt hatte.

„Worüber lacht ihr denn so?", fragte Adam und platzte zur Tür herein.

„Das nächste Mal klopfst du gefälligst an und wartest, bis du hereingebeten wirst", sagte Cassie gebieterisch.

„Kommt schon, erzählt mir den Witz."

„Das geht dich überhaupt nichts an", antwortete Cassie. „Und jetzt zisch ab!"

Adam verzog sich beleidigt. Zehn Minuten später stand er schon wieder im Zimmer. Diesmal hatte er einen Teller mit Keksen dabei.

„Sieht aus wie ein Friedensangebot!", sagte Cassie.

„Und geklopft hat er auch", fügte Katie hinzu.

„Mama hat gesagt, ich soll euch die Kekse hier bringen", sagte Adam mit Unschuldsmiene.

„Oh, schau mal, es sind sogar ganz besondere Kekse. Sonst

haben wir immer nur ganz normale Butterkekse“, sagte Cassie.

Katie durfte sich zuerst einen aussuchen. Ihre Freundin biss herzhaft zu und staunte nicht schlecht. Denn es war gar kein Keks, sondern ein Radiergummi.

Adam versuchte sich so schnell wie möglich zu verdrücken, allerdings nicht schnell genug. Cassie stürzte sich auf ihn. Adam flog mitsamt Teller und Keksen auf den Boden. Die beiden Mädchen setzten sich so lange auf Adam, bis er sich entschuldigte.

Danach ließ Adam sie in Ruhe.

„Sieht so aus, als wären wir deinen Bruder endlich los“, sagte Katie nach einiger Zeit.

„Da wäre ich mir nicht so sicher.“

Cassies Mutter rief die Mädchen zum Tee. Vorher gingen sie sich noch die Hände waschen. In der Seifenschale lag eine ganz neue Seife. Cassie nahm sie in die Hand und wunderte sich ein wenig über deren seltsamen Geruch. Kaum hatte sie jedoch begonnen, sich die Hände einzuseifen, ließ sie die Seife entsetzt fallen.

„Schau doch nur, wie schmutzig meine Hände aussehen, Katie!“ Ungläubig starrten sie auf Cassies Hände.

„Das ist bestimmt eine Trickseife!“, vermutete Katie.

„Schon wieder dieser blöde Adam! Vielleicht bekomme ich die Hände ja mit Shampoo wieder sauber. Auf keinen Fall gönne ich ihm die Genugtuung zu sehen, dass ich auf seinen dummen Trick hereingefallen bin. Und seine Seife hat er auch die längste Zeit gesehen!“

Während des Abendessens überlegte Cassie fieberhaft, wie sie es Adam mit gleicher Münze heimzahlen konnte. Katie war direkt nach dem Tee nach Hause gegangen, sodass sich Cassie allein etwas einfallen lassen musste. Sie beschloss, sich in seinem Kleiderschrank zu verstecken und zu warten, bis Adam in sein Zimmer kam. Wenige Minuten später quetschte sie sich zwischen die aufgehängten Klamotten und wartete in der stickigen Dunkelheit auf ihr Opfer. In diesem Moment betrat Adam das Zimmer. Leise zählte sie bis zehn. Sie hörte, wie Adam in einigen Comics auf seinem Schreibtisch blätterte.

Jetzt!, dachte sie und stürzte mit lautem Geheul aus dem Kleiderschrank. Cassie konnte mit dem Resultat zum Teil zufrieden sein: Adam schnellte mit kreidebleichem Gesicht herum und kippte zu Tode erschrocken auf den Boden. Doch im gleichen Moment knickte Cassie mit dem Fuß um und schrie vor Schmerz laut auf. Alarmiert stürzten Cassies Eltern die Treppe herauf.

„Ich hab bestimmt einen Bänderriss!“, schluchzte sie in den Armen ihres Vaters. Vorsichtig betastete der Vater Cassies Fußgelenk.

„Nein, ganz so schlimm ist es wohl nicht“, sagte er. „Wahrscheinlich ist es nur eine Verstauchung.“

Diese Diagnose wurde später von ihrem Hausarzt bestätigt, der Cassie empfahl, ihr Bein so wenig wie möglich zu bewegen. Die Tanzstunden konnte sie sich für die nächsten Wochen abschminken.

Für Cassie ging eine Welt unter. Auf der gesamten Rückfahrt weinte sie bitterlich. Vergeblich versuchte Cassies Mutter sie zu beruhigen: die Zeit vergehe schneller, als sie glaube, und schon bald werde sie wieder wohlauf sein.

Am Sonntagabend kam sie niedergeschlagen wieder im Ballettschloss an. In ihrer Tasche steckte ein Attest ihres Hausarztes mit einer kurzen Beschreibung der Verletzung. Ihre Freundinnen waren natürlich alle voller Mitgefühl und versuchten Cassie zu trösten – selbst Amanda brachte ein paar freundliche Worte über die Lippen. Am nächsten Morgen zeigte sie Miss Oakland vor der Ballettstunde das Attest.

„Da hast du dir wahrhaftig keinen guten Zeitpunkt ausgesucht, Cassandra. Ab morgen übernimmt Madame Larette die Ballettstunde, die später von Miss Wrench überprüft werden wird. Ich schlage vor, du ziehst dich trotzdem um und nimmst an allen Ballettstunden teil. Auch beim Zuhören und Zusehen wirst du das eine oder andere lernen."

Miss Oakland zeigte nicht die Spur eines Lächelns oder Mitleids. Cassie fragte sich, wie man nur so hartherzig sein konnte. Als die Stunde zu Ende war und die Mädchen in die Umkleidekabine gehen durften, rief Miss Oakland Cassie noch einmal zu sich. Plötzlich war sie wie umgewandelt. Eingehend erkundigte sie sich nach Cassies Verletzung und schien ehrlich betroffen zu sein. Vielleicht war sie trotz alledem ein menschliches Wesen.

Cassie war sehr enttäuscht, nicht an Madame Larettes Ballettunterricht teilnehmen zu können. Die warmherzige Französin war die bedeutendste Ballettlehrerin der Schule und bei allen sehr beliebt. Sie hatte schon von Cassies Verletzung gehört und deshalb für Cassie und die anderen eine Überraschung vorbereitet. Als die Mädchen am nächsten Morgen in den Ballettsaal kamen, war der ganze Boden mit Turnmatten ausgelegt.

„Mes chéries, wir beginnen heute mit ein paar Übungen, die ich beim Kirow-Ballett gelernt habe."

Cassie strahlte übers ganze Gesicht, als Madame Larette sie aufforderte, bei den Bodenübungen mitzumachen. Irgendwie erinnerten diese Cassie an Yogaübungen ihrer Mutter.

Madame Larette setzte sich direkt neben Cassies Matte. Sie widmete ihr die ganze Zeit über ganz besondere Aufmerksamkeit. Was für ein Unterschied zu Miss Oakland, deren karges Lob ausschließlich Amanda galt. Cassie fragte sich später, ob das, was als Nächstes geschah, nicht unmittelbar mit diesem Unterschied zusammenhing.

Bei einer Dehnübung schrie Amanda plötzlich laut auf und erklärte Madame Larette, sie habe sich einen Muskel gezerrt.

„Oh, ma pauvre!", rief Madame Larette und eilte zu Amanda. „Du musst maintenant aufhören und dich hinlegen."

Als Amanda den Saal verlassen hatte, wandte sie sich an die Klasse.

„Ihr dürft eure Muskeln bei den Übungen auf keinen Fall überlasten. Schließlich wollen wir nicht, dass sich noch jemand verletzt. Merci beaucoup."

Als sie nach der Stunde im Umkleideraum waren, sprach Becky genau das aus, was auch Cassie gedacht hatte.

„Sieht so aus, als hätte sich Amanda ein Beispiel an dir genommen!"

Cassie stimmte ihr zu. Da empörte sich Emily über die Gefühllosigkeit der beiden.

„Mensch, Emily", ereiferte sich Cassie. „Amanda ist doch sonst immer so trainiert und beweglich."

„Genau", bekräftigte Becky, „ihr hat es doch bloß nicht gepasst, dass zur Abwechslung mal Cassie im Mittelpunkt stand."

An jenem Abend sah Cassie, wie Amanda in den privaten Übungsräumen einige Übungen machte und wusste, dass ihr Verdacht richtig gewesen war. Sofort eilte sie nach oben, um Emily zu berichten, was sie gerade gesehen hatte. Emily saß in ihrem Zimmer und stopfte ein Loch in ihrer Strumpfhose.

„Trotzdem finde ich, dass du Amanda Unrecht tust. Ich weiß, sie ist ziemlich hochnäsig, aber du könntest trotzdem ein bisschen netter zu ihr sein."

Cassie wurde rot und Emily wechselte schnell das Thema.

„Meinst du, die Strumpfhose ist ordentlich genug gestopft?"

„Bestimmt. Vor allem viel besser, als ich es jemals könnte. Ich glaube, selbst Miss Oakland mit ihrem Adlerblick wird nichts erkennen können!"

Cassie fiel plötzlich ein, dass sie Emily noch gar nicht nach ihren Ferien gefragt hatte.

„Hat das mit dem Zeitungaustragen eigentlich geklappt?"

„Nein, die Zeit war viel zu kurz. Dafür habe ich etwas anderes gefunden. Ich habe unserer Nachbarin Mrs Edwards geholfen. Sie hat noch ganz kleine Kinder und immer viel zu tun. Mrs Edwards hat mir ein bisschen Geld gegeben, damit ich jeden Tag eine Stunde auf sie aufpasse."

„Na, das ist doch prima, Emily. Das freut mich aber."

Emily runzelte die Stirn. „Aber bei einem Paar Schuhe wird es wohl kaum bleiben, was?"

„Mach dir keine Sorgen. Wir kriegen das schon hin."

„Na hoffentlich. Bei mir zu Hause sieht's nämlich im Moment nicht besonders rosig aus. Meine Mutter ist immer so schrecklich müde. Sie geht jeden Abend arbeiten und muss sich dazu noch um meine kleinen Geschwister kümmern."

„Wie viele hast du denn?"

„Vier. Mein jüngster Bruder Sam ist erst fünf Monate alt."

„Das ist ja wirklich 'ne ganze Menge!" Bisher hatte sich Cassie nie richtig getraut, Emily nach ihrer Familie zu fragen. Schließlich wusste Cassie nur zu gut, dass Emily nicht gern darüber redete.

„Wenn ich zu Hause bin, helfe ich Mama so viel ich kann. Das Problem ist nur, dass ich inzwischen nicht mehr besonders oft zu Hause bin."

„Unternimmt denn dein Vater nicht ab und zu was mit den Kleinen?" Cassie kannte mehrere Kinder von geschiedenen Eltern, die jedes zweite Wochenende etwas Schönes mit ihrem Vater unternahmen.

„Nein", antwortete Emily. Emilys Tonfall verriet Cassie deutlich, dass sie eine Frage zu viel gestellt hatte. Die Augen ihrer Freundin waren mit Tränen gefüllt.

Cassie ärgerte sich sehr darüber, so viel Ballettunterricht zu verpassen. Der einzige Vorteil an ihrer misslichen Lage war, dass sie nun mehr Zeit zum Violinüben hatte. Madame Larette begann auch weiterhin jede Ballettstunde mit den Bodenübungen, wofür ihr Cassie sehr dankbar war. Dadurch würde sie wenigstens nicht völlig aus der Übung kommen.

„Madame Larette ist wirklich ein Schatz“, stellte Cassie eines Morgens nach der Ballettstunde fest. „Ich bin mir sicher, dass sie diese Bodenübungen nur mir zuliebe macht.“

„Ja, das kann ich mir gut vorstellen“, sagte Emily. „Was macht denn dein Fußgelenk überhaupt?“

„Es tut jetzt schon nicht mehr so weh, wenn ich es ein bisschen belaste.“

„Ich glaube, du hüpfst hier schneller wieder durch die Gegend als du denkst!“, lachte Becky. „Wie sieht's denn mit einem Besuch bei ... ihr wisst schon, wen ich meine ... in der Mittagspause aus?“ Da Amanda in Hörweite war, achtete sie darauf, was sie sagte.

„Prima Idee“, sagte Cassie. „Aber vorher muss ich noch in den Wäscheraum.“

Schließlich beschloss Cassie, ihre Wäsche schon vor dem Mittagessen abzuholen. Sie nahm den sauber zusammengefalteten Wäschestapel auf den Arm und trug ihn rasch in ihr Zimmer. Dort warf sie den Stapel auf ihr Bett. Sie konnte ihre Sachen ja später in den Schrank räumen. Allerdings fiel ihr sofort auf, dass es nur vier statt fünf rosa Trikots waren.

Cassie hatte zunächst nicht weiter darüber nachgedacht. Als sie jedoch gerade dabei war, ihren Nachtisch zu essen, fiel ihr das fehlende Trikot urplötzlich wieder ein – beim Blick auf ein paar Jungen aus der Unterstufe, die am anderen Ende des Saales etwas Rosafarbenes an einem Stock schwenkten.

„Was wollen die denn bloß mit der blöden Fahne?“, fragte Becky.

„Das ist ja gar keine Fahne, das ist ein Trikot!“, rief Emily.

Mit einem Mal wurde Cassie klar, um welches Trikot es sich handeln musste. Die Fahne verschwand jedoch, ehe irgendeine Lehrerin sie entdecken konnte. Flankiert von Emily und Becky stürmte Cassie zum Jungentisch.

„Sagt mir sofort, wo ihr das Trikot herhabt!“, rief Cassie. Sie kannte die Jungs – sie hießen Matthew, Tom, Gregory und Ernst – allerdings hatte sie bisher noch nie richtig mit ihnen gesprochen. Das hinderte sie jedoch nicht daran, sie jetzt genauso anzufahren wie ihren Bruder Adam, wenn der ihr mal wieder einen Streich gespielt hatte.

„Na, was ist denn, ich warte auf eine Antwort“, sagte sie, die Hände in die Hüften gestemmt. Die Jungs kicherten albern.

„Matthew“, sagte sie und wandte sich dem größten Jungen zu, den sie als Anführer verdächtigte. „Ich habe gefragt, woher ihr dieses Trikot habt?“

Inzwischen war Cassie dunkelrot vor Wut und kurz davor zu explodieren.

„Dann wollen wir mal einen Blick auf das gute Stück werfen“, sagte Becky und schnappte sich das Trikot. Sie blickte auf das kleine Namensschild. „Cassandra Brown!“

„Komm, Cassie, wir gehen. Es lohnt sich wirklich nicht, sich darüber aufzuregen!“, sagte Emily und zog ihre Freundin mit sich.

„Genau“, nickte Becky. „Hier hast du dein Trikot unversehrt zurück. Wir gehen.“

Trotz ihrer unbändigen Wut ließ sich Cassie von ihren Freundinnen mitziehen. Allerdings war es ziemlich schwierig, einen würdevollen Abgang zu machen, wenn man mit einem verstauchten Fuß davonhumpeln musste.

Den Weg zu Mrs Allinghams Haus legten sie extra langsam zurück. Trotzdem schmerzte Cassies Fußgelenk heftig, als sie endlich am Ziel angekommen waren. Die alte Dame war voller Anteilnahme und bestand darauf, dass Cassie sich im Haus ausruhte, während die anderen beiden einige Gladiolenzwiebeln ausgruben. Es war das erste Mal, dass Cassie das Haus betrat, und sie war überrascht, wie hübsch es eingerichtet war. Mrs Allingham selbst war immer sehr schlicht angezogen. Ihr Haus hingegen war voller Rüschenvorhänge, bestickter Kissen und bunter Decken. Es war, als käme man in eine Schatzkammer, deren Wände voller schöner Bilder und Wandbehänge hingen und in der jede freie Fläche mit allen denkbaren Kostbarkeiten geschmückt war.

„So, jetzt wollen wir mal sehen, ob ich nicht etwas für deinen Fuß tun kann", sagte Mrs Allingham und kramte in einer Kommodenschublade. „Ah, da ist es ja – Arnika – ein wahres Wundermittel bei Verletzungen."

Misstrauisch beäugte Cassie die weiße Tablette, die ihr Frau Allingham reichte.

„Keine Angst. Das ist ganz harmlos. Man könnte die Tablette sogar einem Baby geben. Es ist ein homöopathisches Mittel."

Während sich die Tablette in Cassies Mund auflöste, unterhielt Mrs Allingham sie mit weiteren Geschichten aus ihrer Zeit als Tänzerin.

„Einmal hatte ich die großartige Gelegenheit, das Ballettstück *Giselle* zu tanzen. Eigentlich war ich nur die zweite Besetzung, aber an jenem Tag war die Erstbesetzung – der Name der Tänzerin war Alicia Smerkowa – krank."

„Das war bestimmt sehr aufregend!", sagte Cassie mit geweiteten Augen.

„Es war eine einzige Katastrophe. Einfach furchtbar. Stell dir nur vor, der Grabstein, hinter dem ich mich im zweiten Akt verstecken musste, fiel um! Da saß ich dann zusammengekauert und sah ganz und gar nicht geisterhaft aus. Das Publikum hat sich gebogen vor Lachen."

„Oje, danach hätte ich keinen Schritt mehr tanzen können!"

„Ich habe mich schrecklich gefühlt, aber ich habe einfach versucht, mir nichts anmerken zu lassen, und weitergetanzt. Darauf kommt es an, wenn man eine gute Tänzerin werden will, meine Liebe."

„Und danach ist dann alles gut gegangen?"

„Ja und nein. Das meiste davon verlief sehr gut, aber als der zweite und damit letzte Akt schon fast zu Ende war, kam mein Tanzpartner nach einem *Grand jeté en tournant* ungünstig auf und – das wird dir gefallen – verstauchte sich das Fußgelenk."

Cassie lachte. Es tat gut zu hören, dass anderen auch so etwas Blödes passieren konnte wie ihr.

„Du siehst also", sagte Mrs Allingham, „wir haben alle unsere Probleme."

„Da haben Sie Recht", sagte Cassie. „Aber im Moment macht mir mein Pech ganz schön viel aus."

„Du wirst sehen, in ein paar Wochen hast du die dumme Geschichte längst vergessen."

Danach machte Mrs Allingham den Mädchen je eine große Tasse Kakao. Nachdem sie Becky und Emily ihre Tassen nach draußen gebracht hatte, setzte sie sich wieder mit einer Tasse Tee zu Cassie.

„Emily macht auch nicht gerade einen glücklichen Eindruck", sagte Mrs Allingham besorgt.

Cassie nickte. Sie war sich sicher, der netten alten Frau vertrauen zu können. „Wissen Sie, sie macht sich viel Sorgen um ihre Mutter. Sie hat noch vier Geschwister und ihr Vater wohnt nicht mehr bei ihnen. Viel mehr weiß ich allerdings auch nicht."

„Das Beste, was Emily tun kann, ist so hart wie möglich im Ballettschloss zu trainieren, anstatt sich Sorgen um ihre Mutter zu machen. Ihre Mutter ist schließlich alt genug, um auf sich selbst zu achten."

„Aber das ist noch nicht alles", erzählte Cassie weiter. „Sie haben nur sehr wenig Geld und deshalb kann sich Emily keine zusätzlichen Ausgaben für die Ballettausrüstung leisten."

„Ich verstehe. Das ist wirklich ein Problem."

Nachdenklich lehnte sich Mrs Allingham in ihrem Sessel zurück. In diesem Moment klopfte es an der Tür.

„Das wird wohl mein Besuch sein", sagte sie und stand auf. Sie bat einen großen Mann mit silbergrauem Haar herein und stellte ihn Cassie vor.

„Mr Flint und ich teilen das Interesse an Antiquitäten. Wir haben uns vor einigen Wochen bei einer Auktion kennen gelernt. Schau dir das hier mal an." Sie ging zu einer Kommode und hob einen hübschen Krug in die Höhe. „Um dieses Prachtstück haben wir damals beide gefeilscht."

„Und Mrs Allingham hat gewonnen!", rief Mr Flint aus. Seine blauen Augen blitzten, als er lachte. Cassie versuchte unauffällig, Mr Flint genau anzusehen, ohne ihn unhöflich anzustarren. Sie hatte das unbestimmte Gefühl, ihn schon irgendwo einmal gesehen zu haben. Sie wusste aber nicht mehr wo.

„Wie gefallen dir denn meine anderen Errungenschaften, Cassandra?", fragte Mrs Allingham und zeigte auf die Kommode. Dort drängten sich Porzellanfiguren, Krüge, Vasen und ein Teeservice aus Zinn.

„Sie sind wirklich sehr schön."

„Jedes Stück könnte eine andere Geschichte erzählen. Ich kenne mich zwar nicht besonders gut mit Antiquitäten aus, aber ich weiß, was mir gefällt. Und als ich noch öfter unterwegs war als heutzutage, habe ich mir von jeder Reise eine hübsche Kleinigkeit mitgebracht."

Cassie humpelte zur Kommode, um sich die kleinen Kostbarkeiten näher anzusehen. „Wo haben Sie denn das hier gekauft?", fragte sie und zeigte auf das Porzellan-Ei, in dem eine Figur zusammengerollt lag. „Es ist sehr schön."

„Du kannst es ruhig in die Hand nehmen, wenn du willst. Das habe ich aus einem kleinen Laden, der zu einem Puppenmuseum in Südwales gehörte."

Mr Flint war inzwischen ebenfalls vor die Kommode getreten. „Wirklich ein schönes Stück“, sagte er und drehte die Figur in seinen Händen. „Es ist sehr kunstvoll bemalt.“ Während er die Figur eingehend betrachtete, sah Cassie, wie seine wasserblauen Augen interessiert aufleuchteten.

Das Gespräch wurde unterbrochen, als Becky und Emily an die Tür klopften. Mrs Allingham bat sie herein. Als die Mädchen das Zimmer sahen, waren sie nicht weniger überrascht, als Cassie es gewesen war.

„Ich glaube, wir gehen jetzt besser, Cassie“, sagte Emily schließlich. „Damit wir genug Zeit für den Rückweg ins Ballettschloss haben.“

„Stimmt, im Moment kann man sich mit mir wirklich nur im Schneckentempo bewegen“, sagte Cassie lachend. Ihr Fußgelenk fühlte sich schon viel besser an. Lag das nun an der erholsamen Ruhepause im Wohnzimmer oder an der Arnika-Tablette, fragte sich Cassie. „Auf Wiedersehen, Mrs Allingham. Und vielen Dank für alles.“

Mrs Allingham lächelte ihr zu und Cassie wusste, dass sie an Emilys Notlage dachte.

„Ich habe mich sehr über deine Gesellschaft gefreut“, sagte sie.

Als sie langsam in Richtung Schule zurückgingen, grübelte Cassie noch einmal nach, wo sie diesen Mr Flint schon mal gesehen hatte. Warum vergaß man solche Details nur immer? Cassie hatte das sichere Gefühl, dass es wichtig war, sich daran zu erinnern. Irgendetwas stimmte nicht mit diesem Mr Flint …

„He, das ist doch Amanda!“, rief Becky. „Sie hat sich gerade hinter einem Baum versteckt.“

Als sie an dem besagten Baum ankamen, war von Amanda weit und breit nichts zu sehen, und so erfuhren sie auch nicht, ob sie ihnen nun nachgeschnüffelt hatte oder nicht.

Halloween

Halloween stand vor der Tür und Cassie hatte schon mal vorsorglich ein altes weißes Laken, einen Drahtbügel und die Trickseife, die sie sich von ihrem Bruder „ausgeliehen“ hatte, von zu Hause mitgebracht. Sie freute sich schon sehr auf den Tag, an dem all diese Utensilien zum Einsatz kommen sollten.

Ihrem Fuß ging es schon viel besser. Vor kurzem war sie vom Schulorthopäden untersucht worden, der mit dem Heilungsprozess zwar sehr zufrieden gewesen war, Cassie allerdings eingeschärft hatte, auf gar keinen Fall jetzt schon das Balletttraining wieder aufzunehmen.

„Es ist wirklich zum Verrücktwerden!“, beklagte sich Cassie eines Morgens bei Becky, als sie sich in ihren roten Trainingsanzügen auf den Weg zur Ballettstunde machten. „Ich werde völlig aus der Übung sein!“

„Ich weiß gar nicht, was du hast“, entgegnete Becky. „Ich hätte nichts dagegen, beim Ballettunterricht für ein paar Wochen eine kleine Pause einlegen zu können!“

Nach den Bodenübungen setzte sich Cassie auf einen Stuhl neben dem Klavier und sah beim Unterricht zu. Dabei wurde ihr Blick magisch von Amanda angezogen. Sie verstand sehr wohl, warum Miss Oakland sie so sehr mit Lob überschüttet hatte. Amanda war wirklich ein außergewöhnliches Balletttalent. Cassie fragte sich, ob Amanda wohl das Zeug für eine ganz große Karriere hatte – etwas, was Ballettlehrer angeblich sofort erkennen konnten. Cassies Blick wanderte zu den anderen Mädchen: Becky war zwar technisch sehr talentiert, schien sich jedoch immer zu langweilen. Emily war vermutlich nach Amanda die beste Tänzerin. Ihre Bewegungen waren voller Anmut, ihr fehlte jedoch Amandas selbstsichere Ausstrahlung. Außerdem, dachte Cassie traurig, sah ihre Ballettausrüstung immer ein bisschen schäbig aus.

Bevor sich die Mädchen wie üblich am Ende mit einem Knicks verabschiedeten, kündigte Madame Larette Miss Wrenchs Besuch für die nächste Ballettstunde an. Sie wolle sich davon überzeugen, welchen Fortschritt die Mädchen machten.

„'unde, die bellen, beißen nicht, mes chéries", sagte sie, als sie die erschrockenen Gesichter der Mädchen sah. „Das Einzige, worauf es ankommt, ist euer Bestes zu geben und den besten Eindruck zu machen. Bitte achtet unbedingt auf eine ordentliche Erscheinung."

Als die Mädchen den Saal verließen, nahm Madame Larette Emily einen Moment beiseite. Cassie hörte, wie sie Emily darauf hinwies, sie solle bei diesem Kontrollbesuch ihr bestes Trikot anziehen und sich neue Strumpfhosen und Schuhe aus dem Magazin geben lassen.

„Natürlich, Madame", nickte Emily und Cassie sah, wie blass sie dabei geworden war.

Der nächste Tag war der 31. Oktober. In der Mittagspause musste Cassie in ihre Violinstunde. Becky und Emily hatten ihr deshalb fest versprechen müssen, unter keinen Umständen irgendwelche Halloween-Vorbereitungen ohne sie zu treffen.

Mr Green war mit Cassies Fortschritten sehr zufrieden. Binnen einer Woche hatte sie zwei neue Stücke gelernt und beherrschte sie schon nahezu fehlerlos.

„Du bist sehr musikalisch, Cassandra", lobte sie Mr Green. „Wenn du weiterhin so fleißig übst, kannst du schon bald im Schulorchester mitspielen."

Cassie fragte sich insgeheim, ob sie dafür überhaupt noch Zeit finden würde, freute sich aber trotzdem sehr über das Lob.

An diesem Nachmittag erschien Cassie der Unterricht ganz besonders langweilig und sie war froh, als es endlich Zeit für Ausdruckstanz war. Dabei konnte sie selbst ja gar nicht daran teilnehmen. Am Ende der Stunde hielt es Cassie fast nicht mehr aus und hätte am liebsten die Tarantella mitgetanzt, die die anderen mit Miss Bonsing einstudierten.

Cassies Blick folgte schon eine ganze Weile Matthew, dem großen Jungen, der ihr das Trikot aus dem Wäscheraum gemopst hatte. Emily hatte etwas sehr Interessantes über ihn herausgefunden. Es hieß, er habe, bevor er nach Redwood gekommen war, noch nie in seinem Leben eine Ballettschule besucht. Jemand hatte ihm einfach nur erzählt, sein Körper sei wie für das Tanzen geschaffen. Diese Tatsache machte ihn Cassie nicht unbedingt sympathischer – ganz im Gegenteil, im Moment war Cassie sogar ziemlich wütend auf ihn.

Cassies Stimmung verdüsterte sich zusehends. Beim Abendessen schien Becky als Einzige der drei Freundinnen bei bester Laune zu sein.

„Was ist euch denn über die Leber gelaufen?“, fragte sie.

„Ich habe einfach keine Lust mehr, in jeder Stunde nur dumm herumzusitzen“, stöhnte Cassie. „Wenn die Wrench kommt, werde ich völlig aus dem Training sein.“

„Aber du bist so eine fantastische Tänzerin, Cassie“, sagte Becky. „Das machst du doch mit links.“

„Das glaube ich kaum“, entgegnete Cassie.

„Wenigstens hast du etwas Vernünftiges zum Anziehen“, warf Emily ein.

„Ich dachte, dieses Problem wäre inzwischen gelöst“, sagte Becky.

„Ich habe mir jetzt schon drei Paar Schuhe geholt. Ich kann unmöglich noch mehr auf die Rechnung setzen. Das werde ich niemals bezahlen können.“

„Dann gebe ich dir eben mein Taschengeld“, sagte Becky. „Mama hat mir nach den Ferien ziemlich viel mitgegeben und ich habe noch einiges davon übrig.“

„Du weißt ganz genau, dass das nicht geht“, antwortete Emily.

„Oder besser gesagt, dass du nicht willst!“, sagte Cassie bitter.

„Was willst du denn damit sagen?“

„Wenn du nicht so verdammt stolz wärst, würdest du dir von anderen Leuten helfen lassen. Ganz einfach“, sagte Cassie ungeduldig.

„Ich will aber nicht, dass mir andere Leute helfen!“, rief Emily zornig.

„Du bist wirklich bescheuert, Emily. Ich bin mir sicher, dass

Miss Eiseldown längst eine Lösung gefunden hätte, wenn du ihr von deinem Problem erzählt hättest."

„Ich hab dir doch gesagt, dass ich keine Almosen will!"

„Sei doch nicht so dumm. Warum sprichst du nicht einfach mit einer Lehrerin?"

„Ein Wunder, dass du überhaupt etwas von meinen Problemen mitbekommst", gab Emily schnippisch zurück. „Wo du doch die ganze Zeit nur an deinen blöden Fuß denkst!"

Cassies Wangen wurden feuerrot, als hätte ihr Emily eine Ohrfeige verpasst. Wütend knallte sie ihr Besteck auf den Tisch.

„Dafür bist du die ganze Zeit nur am Herumjammern und Heulen wie ein kleines Kind! Ich hasse dich wirklich, Emily!"

Emily stieß ihren Teller von sich und stürmte aus dem Speisesaal. Überall drehten sich Köpfe nach ihnen um. Cassie fühlte sich plötzlich sehr beobachtet.

„Oje, jetzt hast du sie aber ganz schön wütend gemacht", sagte Becky hilflos.

„Na und sie mich erst!", rief Cassie.

„Ich weiß, aber Emily hat es wirklich nicht einfach."

Cassie schob ihr Kinn nach vorn und Becky wusste, dass es sinnlos war, noch irgendetwas zu sagen. Als sie wieder in ihrem Zimmer waren, war Cassie die Vorfreude auf Halloween vergangen. Am liebsten hätte sie geheult. Becky gab jedoch nicht auf und war sehr nett zu ihr. Sie schlug ihr eine verrückte Idee nach der anderen vor. Als schließlich Amanda das Zimmer betrat, fühlte sich Cassie schon fast wieder wie die alte, fröhliche Cassie.

Amanda hatte eine große Rübe mitgebracht und begann sie sorgsam mit einem Messer und einem Löffel auszuhöhlen. Außerdem hatte sie noch eine Kerze, Streichhölzer und ein Stück Draht dabei.

„Was machst du denn da?", fragte Becky.

„Einen Rübengeist natürlich. Sieht man das nicht?", antwortete Amanda schnippisch.

„Entschuldige die Frage", sagte Becky. „Komm mit, Cassie, wir nehmen unser Material besser mit auf den Flur."

Becky hatte Cassies alte Laken bereits über den Drahtbügel gehängt. Draußen auf dem Flur befestigten die Mädchen ein Stück Schnur von einer Wand zur anderen. Becky stellte sich auf einen Stuhl, hakte das „Gespenst" am höchsten Punkt der Schnur ein und hielt es fest. Dann klopfte Cassie an die Tür der älteren Mädchen.

Kaum hatte sich die Tür geöffnet, ließ Becky das „Gespenst" los. Blitzschnell sauste es an der Schnur entlang an der Zimmertür vorbei, aus der Schreie und Gelächter drangen.

„Wen legen wir denn mit unserer schmutzigen Trickseife herein?", fragte Cassie.

„Wie wär's denn mit Amanda?", schlug Becky vor. „Es dürfte nicht schwer sein, die Seife auf unser Waschbecken zu schmuggeln."

Voller Vorfreude gingen die Mädchen zu ihrem Zimmer zurück. Becky sollte Amanda in ein Gespräch verwickeln, während Cassie die Seife vertauschte.

„Dein Rübengeist ist aber schön geworden, Amanda", sagte Becky.

„Oh, danke schön. Ich wollte gerade die Kerze anzünden und das Licht ausmachen. Das sieht dann bestimmt ganz toll aus."

Cassie grinste, als sie hörte, dass Amanda das Licht ausmachen wollte. Das war die Gelegenheit! Als das unheimliche Gesicht des Rübengeistes im Dunkeln aufleuchtete, griff Amanda nach dem Drahthenkel, den sie daran befestigt hatte und wandte sich zur Tür.

„Jetzt gehst du bestimmt zu Emily und Miranda und den anderen und zeigst ihnen deinen Rübengeist?", fragte Becky, die enttäuscht war, dass Amanda ging, ohne sich vorher die Hände zu waschen.

„Nein", antwortete Amanda knapp.

„Wohin gehst du denn dann?", fragte Cassie.

„Leute erschrecken natürlich. Es ist doch Halloween, habt ihr das etwa vergessen?"

„Und wen willst du erschrecken?"

„Das ist ja wohl meine Sache."

Verächtlich schloss sie die Tür hinter sich und Becky und Cassie hörten, wie sie die Treppe hinunterging.

„Das gefällt mir aber gar nicht", sagte Cassie.

„Mir auch nicht", stimmte Becky zu.

„Sie wird doch nicht etwa ..." Aber Cassie brauchte gar nicht weiterzusprechen. Becky dachte offensichtlich genau dasselbe wie sie. Eilig stürzten sie aus dem Zimmer, in der Hoffnung, Amanda noch einholen zu können.

Sie entdeckten sie, wie sie entschlossen über das Gelände stapfte, und folgten ihr in sicherem Abstand. Dank ihres hell erleuchteten Rübengeistes konnte man sie problemlos im Auge behalten.

„Das ist ganz schön riskant von Amanda“, flüsterte Cassie. „Der Rübengeist ist von der Schule aus nicht zu übersehen.“

„Jedenfalls geht sie eindeutig auf Miss Allinghams Haus zu.“

„Das heißt also, dass sie uns schon mindestens einmal gefolgt sein muss.“

„Vermutlich sogar schon mehrmals“, antwortete Becky. „Meinst du, wir sollten sie aufhalten?“

„Ja, unbedingt!“, sagte Cassie. „Sie könnte Miss Allingham zu Tode erschrecken.“

Entschlossen, Amandas Pläne zu durchkreuzen, folgten sie ihr weiter bis hinter die Obstbäume. Sie hatten sich überlegt, dass man sie dort von der Schule aus nicht mehr sehen konnte. Amanda drehte sich kein einziges Mal um. Becky und Cassie waren in der Zwischenzeit ein gutes Stück näher gekommen und versteckten sich hinter einem Baum. Dann drückte Cassie Beckys Hand und gab ihr damit das verabredete Zeichen. Sie stürzten auf Amanda zu und bevor sie sich versah, hatten sie sie auch schon am Arm gepackt.

„Keinen Schritt weiter, Miss Renwick!“, rief Cassie theatralisch.

„Was soll das denn?“, rief Amanda und versuchte sich zu befreien.

„Schon gut“, sagte Becky. „Wir wollen dir nicht wehtun. Wir wollen nur nicht, dass du zu Miss Allingham gehst und sie erschreckst. Das ist alles.“

„Ach, so heißt sie also“, sagte Amanda. „Es war euch wohl sehr wichtig, dass niemand von der Sache erfährt?“

„Aber das ist doch alles ganz harmlos“, sagte Cassie. „Wir wollten einfach nur, dass die Besuche unser kleines Geheimnis bleiben.“

„Dann verstehe ich nicht, warum ich sie nicht auch mal besuchen sollte“, sagte Amanda.

„Wie gesagt, Amanda, du könntest sie sehr erschrecken. Schließlich gibt es dort überhaupt keine Nachbarn. Da kann man schon Angst bekommen, wenn es um diese Uhrzeit noch an der Tür klopft.“

„Na, wenn es denn unbedingt sein muss, dann lass ich es eben. Aber es müssen ja nicht alle solche Angsthasen sein wie ihr!“ Amanda befreite sich aus den Griffen der Mädchen, blies ihren Rübengeist aus und stolzierte zur Schule zurück.

„Wie wär's? Lass uns noch ein bisschen weiter im Wald spazieren gehen!“, sagte Cassie plötzlich. Es war eine so schöne, sternklare Nacht und aus irgendeinem Grund wollte sie noch nicht so recht zur Schule zurück.

„Ich weiß nicht“, sagte Becky zögernd. „Im Wald wird es bestimmt viel dunkler sein.“

„Nur noch ein kleines Stückchen“, bettelte Cassie.

„Na, meinetwegen.“

Vorsichtig stapften sie weiter und gelangten schließlich zu einer Stelle, von der aus Miss Allinghams Haus zu sehen war. Im Wald war es wirklich viel dunkler geworden, sodass es beruhigend war, ein hell erleuchtetes Fenster von weitem zu sehen.

„Ich glaube, wir gehen jetzt besser zurück", sagte Becky. „Im Ballettschloss sind bestimmt schon alle im Bett."

Sie wollten umkehren, als sie plötzlich hörten, wie sich die Haustür öffnete und Stimmen aus dem Haus drangen. Die Mädchen rührten sich nicht und lauschten angestrengt. War Amanda etwa doch noch an ihnen vorbeigeschlichen? Sie erkannten Miss Allinghams Stimme. Die andere Stimme gehörte einem Mann.

„Schon wieder dieser Mr Flint", flüsterte Cassie. „Meinst du, er kommt hier entlang?"

„Nein, er muss in die andere Richtung. Er geht bestimmt durch das Gartentor, das auf der anderen Seite des Waldes liegt."

Cassie atmete erleichtert auf. Sie war froh, als sie endlich wieder auf freiem Feld angelangt waren. Der Wald war ihr doch eine Spur zu dunkel gewesen, aber das hätte sie natürlich niemals zugegeben. Die unendliche Weite des Sternenhimmels über ihnen erfüllte Cassie mit einem unbeschreiblichen Glücksgefühl.

Ausgelassen vollführte sie einen kleinen Freudentanz und schwebte und tanzte im Geiste zwischen den funkelnden Sternen herum. Schließlich drängte sie Becky, sich etwas zu beeilen, und so hasteten sie zum Schulgebäude zurück. Die Seitentür, durch die sie das Gebäude verlassen hatten, war immer noch unverschlossen. Normalerweise wurden gegen halb zehn die Schlüssel umgedreht. Im Schulgebäude angelangt, mussten sie sich äußerst vorsichtig bewegen, denn sie durften auf keinen Fall gesehen werden. Um diese Uhrzeit waren zwar immer noch einige Lehrer im Gebäude unterwegs, doch sie hatten Glück und niemand begegnete ihnen.

„Ich hab mal irgendwo gelesen, wie man an Halloween herausfinden kann, wen man später einmal heiraten wird“, flüsterte Cassie, während sie den Flur entlang schlichen. Leise schlüpften sie in ihr Zimmer. Amanda schlief schon tief und fest.

„Und wie macht man das?“, fragte Becky.

„Man muss sich um Mitternacht bei Kerzenschein vor einen Spiegel setzen und dann erscheint im Spiegel das Gesicht deines zukünftigen Ehemannes.“

„Es ist ja schon nach neun“, sagte Becky. „Meinst du wir schaffen es, so lange wach zu bleiben?“

Sie schafften es tatsächlich, allerdings nicht ganz ohne Mühe. Mithilfe von Amandas Rübengeist beschafften sie sich das nötige Kerzenlicht und setzten sich erwartungsvoll vor den Spiegel.

„Ein bisschen unheimlich ist das ja schon“, gab Cassie kichernd zu. „Wenn ich tatsächlich ein anderes Gesicht sehe, falle ich bestimmt vor Schreck tot um.“

„Ich auch“, sagte Becky mit wackliger Stimme. Sie schaute auf die Uhr. Gleich war es so weit. Die Mädchen blickten gebannt auf ihre Spiegelbilder, die im Schein der Kerze unheimlich flackerten.

Plötzlich erschien ein drittes Gesicht im Spiegel. Es starrte sie mit weit aufgerissenen Augen an.

Dann ertönte ein gespenstischer Schrei. Cassie und Becky sprangen kreischend von ihren Stühlen auf, bis sie erkannten, dass es nur Amanda war, die sich hinter ihnen in ihrem Bett aufgerichtet hatte.

„Ihr Idioten!“, rief sie. „Ihr habt mich zu Tode erschreckt!“

„Und du uns erst!“, lachte Cassie. Erleichtert brachen sie alle drei in Gelächter aus, das sie allerdings schnell unterdrückten, als sie Miss Eiseldowns Schritte näher kommen hörten.

„Bitte nicht!“, stöhnte Becky.

Aber Cassie wusste bereits einen Ausweg. Schnell blies sie die Kerze aus, setzte sich auf Amandas Bett und legte den Arm um Amanda. Becky runzelte die Stirn. Was sollte das denn werden?

Als Miss Eiseldown das Zimmer betrat, murmelte Cassie tröstend: „Schon gut, Amanda, es ist ja alles gut ...“

„Wer um Himmels willen hat hier denn gerade so furchtbar geschrien?“, fragte die Hausmutter. „Man könnte meinen, es sei jemand umgebracht worden.“

„Amanda hat nur schlecht geträumt“, sagte Cassie. „Wir sind beide davon wach geworden.“

„Ach so ist das“, sagte Miss Eiseldown und setzte sich mit auf Amandas Bettkante. „Alles wieder in Ordnung, meine Liebe?“

Cassie kreuzte die Finger hinter ihrem Rücken. Sie hoffte inbrünstig, dass Amanda sie nicht verraten würde.

„Ja, danke, Miss Eiseldown. Es geht mir schon wieder besser“, antwortete Amanda lammfromm. „Es tut mir Leid, dass ich alle aufgeweckt habe.“

„Na dann, schlaft mal gut. Hoffentlich verläuft der Rest der Nacht jetzt ohne Zwischenfälle.“

Nachdem sie die Tür hinter sich geschlossen hatte, stieg Amanda aus dem Bett und versteckte den Rübengeist und die Streichhölzer.

„Danke, dass du uns nicht verraten hast“, sagte Becky.

Amanda lächelte schwach und machte das Licht aus.

Der Kontrollbesuch

Als Cassie am nächsten Morgen die Augen aufschlug, musste sie zuallererst an ihren Streit mit Emily denken. Sie fragte sich, ob sie wohl jemals wieder Freundinnen sein würden und ob Emily ihr wohl all die schrecklichen Dinge vergeben könnte, die sie zu ihr gesagt hatte. Der Halloween-Trubel hatte sie die Geschichte vorübergehend vergessen lassen. Umso bedrückter war Cassie jetzt darüber, dass Emily nicht mehr mit ihr sprach.

Sie setzte sich auf und sah, dass Becky immer noch schlief. Amanda spazierte schon putzmunter im Zimmer umher. Gott sei Dank hatte Amanda die Geschichte mit dem Albtraum letzte Nacht nicht auffliegen lassen. Andernfalls hätte auch Cassie Miss Eiseldown einiges über Amanda erzählen können, was sie bestimmt sehr interessiert hätte. Nach diesem Vorfall war Cassie Amanda jedenfalls bedeutend freundlicher gesinnt, als sie es bisher jemals gewesen war. Sie wollte gerade etwas zu ihr sagen, als Amanda zum Waschbecken ging und den Wasserhahn aufdrehte.

Das Waschbecken! Cassie wurde heiß und kalt. Noch bevor Cassie sie warnen konnte, hatte Amanda schon Gesicht und Hände mit der Trickseife eingerieben. Cassie zuckte zusammen und kroch unter die Bettdecke, als Amanda sich wütend umdrehte.

„Mein Gesicht ist ganz schmutzig!", rief sie.

„Es tut mir Leid, Amanda", murmelte Cassie beklommen und blinzelte unter ihrer Bettdecke hervor. „Ich habe völlig vergessen, dass ich die Seife dorthin gelegt habe."

„Wer's glaubt wird selig!", schnaubte Amanda. „Na warte, das zahle ich dir heim!"

Inzwischen war auch Becky hellwach und versuchte verzweifelt die Situation zu retten.

„Das sollte doch nur ein Halloween-Scherz sein, Amanda. Wir haben wirklich nicht mehr an die blöde Seife gedacht."

„Wahrscheinlich kommt ihr euch unglaublich komisch vor", fauchte Amanda unbeeindruckt. „Man könnte meinen, ich hätte es mit zwei kleinen Kindern zu tun, die ständig durch die Gegend schleichen und sich einen blöden Streich nach dem anderen ausdenken."

„Gestern Abend wolltest du selbst noch so einen blöden Streich spielen", erinnerte sie Cassie.

Amanda drehte sich auf dem Absatz um und verließ mit verächtlichem Gesichtsausdruck das Zimmer.

Becky seufzte. „Uff", stöhnte sie. „Da kann man wohl nichts machen. Höchste Zeit aufzustehen."

„Da fällt mir gerade was ein", sagte Cassie. „Ich muss ja heute Morgen noch zum Arzt. Am besten gehe ich so schnell wie möglich frühstücken und dann sofort zum Arzt."

Die plötzlich ausbrechende Hektik hob Cassies Stimmung. Und noch fröhlicher stimmte sie Mr Perkins Urteil. Von ihm aus durfte sie ab heute wieder am Ballettunterricht teilnehmen!

Es war einfach wundervoll wieder tanzen zu können. An diesem Morgen genoss Cassie jede Sekunde von Madame Larettes Ballettunterricht und das, obwohl sie wirklich sehr aus der Übung gekommen war. Am Ende der Stunde teilte ihnen Madame Larette mit, dass Miss Wrench ihren Kontrollbesuch schon für diesen Nachmittag angekündigt habe, da sie in der nächsten Woche zu beschäftigt sei.

Cassie war entsetzt. Sie war natürlich noch völlig untrainiert. Und als ob das nicht schon schlimm genug war, ging ihr Emily auch noch in der Pause und beim Mittagessen aus dem Weg, während ihr Amanda finstere Blicke zuwarf. Der finstere Blick passt gut zu ihrem Gesicht, dachte Cassie und schmunzelte schuldbewusst. So sehr sich Amanda auch abgemüht hatte, es waren doch einige schmutzige Flecken auf ihrer Haut zurückgeblieben.

Als die Mädchen Saal eins betraten, erwartete sie Miss Wrench bereits neben dem Klavier. Mit ihrer weißen Bluse und dem grauen Faltenrock sah sie so streng aus wie immer. Statt ihrer schwarzen Schnürschuhe trug sie weiße Gymnastikschuhe. In der Hand hielt sie einen kurzen Stock, den Cassie noch nie zuvor bei ihr gesehen hatte. Als alle Schülerinnen im Raum waren, klopfte sie mit dem Stock auf den Boden, um die Aufmerksamkeit der Klasse auf sich zu lenken. Das war ziemlich überflüssig, dachte Cassie, denn im Saal war es bereits totenstill.

Zum Aufwärmen bewegten sie sich im Polkaschritt durch den Saal und gingen dann an die Stange. Cassie war nervös und fühlte sich ziemlich matt. Ihr Schlafmangel rächte sich jetzt bitter und schon bald schlichen sich Fehler in ihre Übungen ein. Miss Wrench sagte zwar nichts, aber Cassie wusste nur zu genau, dass ihr nichts davon entgangen war.

Die Direktorin wartete mit ihrer Kritik, bis die Übungen im Raum an der Reihe waren. Die *Développés* gefielen ihr nicht und die *Pas de chats* waren ihr nicht flink genug. So musste jede einzeln vier *Pas de chats* und ein *Changement* vorführen. Eine nach der anderen bekam ihre scharfe Zunge zu hören. Nicht eine kam ungeschoren davon. Als Cassie an der Reihe war, klopfte ihr das Herz bis zum Hals.

Während Miss Wrench sie aufmerksam beobachtete, erinnerte sich Cassie mit Unbehagen an ihren Zusammenstoß auf dem Flur.

„Nein, nein, liebes Fräulein", rief Miss Wrench. „Einer deiner beiden Füße ist faul. Du streckst ihn nicht richtig."

Natürlich meinte sie den Fuß mit dem geschwächten Gelenk. Cassie setzte zu einer Erklärung an. „Miss Wrench, ich hab …"

Cassie wurde abrupt unterbrochen. „Während der Stunde wird nicht gesprochen", donnerte Miss Wrench, „es sei denn, man wird gefragt. Diese Regel bitte ich keinesfalls zu missachten."

Durch ihre Brille warf sie einen prüfenden Blick auf Cassie. „Cassandra Brown, habe ich Recht? Ich erinnere mich noch sehr gut an dich."

Als Nächste kam Amanda an die Reihe. Ihre *Pas de chats* waren natürlich tadellos. Cassie wurde vor lauter Neid und Abscheu ganz schlecht.

„Vielen Dank, Amanda", sagte Miss Wrench mit so viel Wohlwollen in der Stimme, wie Cassie sie nie zuvor hatte sprechen hören. „Das war wirklich sehr gut."

Zuletzt musste Emily vortanzen. Sie sah nervös und unglücklich aus. Cassie wünschte, sie könnte die Uhr nochmals auf gestern Morgen zurückdrehen, bevor dieser dumme Streit entstanden war. Inzwischen hatte sie längst eingesehen, dass Becky Recht gehabt hatte. Cassie hatte Emilys Kummer einfach unterschätzt.

Trotz der Anspannung, die Emily ins Gesicht geschrieben stand, waren ihre Übungen wie immer präzise und makellos. Cassie ging deshalb davon aus, dass auch sie gelobt werden würde.

Stattdessen rief Miss Wrench sie zu sich und musterte sie von Kopf bis Fuß. „Unordentliche Ballettkleidung", verkündete sie am Ende dieser peinlichen Prozedur. „Sie entspricht nicht dem vorgeschriebenen Standard. Wie heißt du?"

„Emily Pickering, Miss Wrench", antwortete Emily und machte einen Knicks.

„Ich werde mir das notieren, Emily", fuhr Miss Wrench fort. „In Zukunft erwarte ich von dir im Unterricht ein ordentliches Erscheinungsbild."

Cassies Wut auf die Direktorin wurde immer größer. Konnte sie denn nicht wenigstens ein gutes Wort über Emilys wunderbare *Pas de chats* verlieren?

Als die Stunde vorbei war, hatte Cassie beschlossen, sich bei Emily zu entschuldigen. Doch im Umkleideraum fehlte jede Spur von Emily.

„Hat jemand Emily gesehen?“, fragte sie die anderen.

„Ich glaube, sie ist aufs Klo gegangen“, antwortete Jane.

Cassie fand Emily weinend in einer der Kabinen. Sie legte den Arm um sie und lehnte ihren Kopf an Emilys Schulter. Es fehlte nicht viel und sie hätte auch angefangen zu weinen.

„Es tut mir ja so Leid, Emmy“, flüsterte sie. „Ich wollte dir nicht wehtun.“

Als sich die Mädchen wieder versöhnt und sich Emily wieder beruhigt hatte, gingen sie gemeinsam mit Becky zum Abendessen. Während sie ihren Gemüseauflauf aßen, erzählte ihnen Emily von ihrem Entschluss.

„Ich habe hin und her überlegt und schließlich einen Entschluss gefasst“, sagte sie. „Ich werde Redwood verlassen.“

Cassie und Becky starrten Emily fassungslos an. „Doch nicht etwa wegen dieser dummen, alten Wrench?“, fragte Becky.

„Nein, nein. Mir ist einfach klar geworden, dass es so nicht weitergehen kann. Ich werde es niemals schaffen, das Geld für all die neuen Ballettsachen zu besorgen, die wir ständig brauchen. Ich werde immer nur Ärger bekommen. Dann kann ich genauso gut auch jetzt schon aufgeben.“

„Oh, bitte geh nicht, Emily“, flehte Cassie. „Warum sprichst du nicht einfach mit Miss Eiseldown, bevor du voreilige Entscheidungen triffst? Sie ist doch so nett.“

„Nein, Cassie. Mein Entschluss steht fest.“

„Willst du denn keine Tänzerin mehr werden, ist es das?“

„Es gibt fast nichts auf der Welt, was ich mir mehr wünschen würde.“

Cassie war das „fast“ nicht entgangen und wusste, dass damit Emilys Vater gemeint war.

„Oh, bitte, geh doch zu Miss Eiseldown und sprich mit ihr. Du könntest ihr die Sache mit deinen Eltern erzählen …“ Cassie biss sich auf die Zunge. Warum rutschten ihr nur immer die falschen Sachen heraus?

Emilys Augen blitzen auf. Sie sagte aber kein Wort. Cassie wusste, dass sie einfach zu stolz war, um mit einer der Lehrerinnen zu sprechen. Sie seufzte tief.

„Pass auf, Emily. Versprich uns, dass du bis zu den Weihnachtsferien nichts unternehmen wirst. Bis Weihnachten ist es ja nicht mehr lange. Warte wenigstens bis dahin. Vielleicht ergibt sich ja noch etwas.“

Emily war einverstanden und bevor sie es sich noch einmal anders überlegen konnte, zog Cassie Emily mit in ihr Zimmer. Auf dem Weg dorthin erzählte sie ihr von ihren nächtlichen Halloween-Abenteuern.

„Und du glaubst also, es war Mr Flint, der aus dem Haus herauskam?“, fragte Emily und setzte sich auf Beckys Bett.

„Ja, da bin ich mir ganz sicher“, antwortete Cassie. „Mir will einfach nicht einfallen, woher ich ihn kenne. Irgendwie habe ich ein komisches Gefühl bei der Sache.“

„Du und deine komischen Gefühle“, spottete Becky und biss in einen Schokoriegel. „Auf mich macht er jedenfalls einen sehr netten Eindruck.“

„Ich glaube, ich weiß, was Cassie meint“, nickte Emily. „Er ist irgendwie ein bisschen unheimlich.“

„Am besten, wir halten die Augen offen“, schlug Cassie vor.

„Bei dem Wetter kann man zwar schlecht im Garten arbeiten, aber wir könnten Mrs Allingham anbieten, ein bisschen im Haus zu helfen."

„In Ordnung", sagte Becky. „Morgen können wir allerdings nicht zu ihr gehen. Am Mittag habe ich Cellounterricht. Das heißt also, wir müssen bis Donnerstag warten."

Am nächsten Morgen wurden sie zu ihrer Überraschung wieder von Miss Oakland begrüßt, da sie nun wieder die Ballettstunde übernommen hatte. Nach den üblichen Übungen an der Stange – mit den Bodenübungen war es ja jetzt vorbei – gingen sie zu den Übungen im Raum über. Dabei bemerkte Cassie, wie Miss Oakland Emilys Ballettausrüstung fixierte. Glücklicherweise hatte sich Emily zuvor von Cassie überreden lassen, sich eines ihrer Trikots auszuborgen, sodass sie heute tadellos aussah.

Miss Oakland zeigte ihnen eine neue *Adage-Sequenz*. Nachdem sie sich die Schritte eingeprägt und einige Male durchprobiert hatten, bat Miss Oakland den Pianisten, sie auf dem Klavier zu begleiten. Cassie erkannte das Musikstück sofort. Es war *Der Winter*, eine langsame Passage aus *Die vier Jahreszeiten* von Antonio Vivaldi. Cassie mochte dieses klassische Stück besonders gern. Ihre Eltern hatten es zu Hause auf Kassette und sie hatte es sich oft vor dem Schlafengehen angehört.

Als das *Adage* zu Ende war, fragte Miss Oakland: „Wer von euch weiß, was das gerade für ein Musikstück war?"

Cassie hob ihre Hand.

„Ja, Cassandra?"

„Es war *Der Winter* aus *Die vier Jahreszeiten*, Miss Oakland."

„Ganz richtig, Cassandra. Sehr gut." Die Lehrerin lächelte sie an. Cassie freute sich sehr, dass sie zur Abwechslung einmal etwas richtig gemacht hatte.

„Und jetzt hört mal gut zu, Mädchen. Ich werde euch jetzt ein Geheimnis verraten. Wir haben uns vor einigen Tagen entschieden, was das Thema der diesjährigen Weihnachtsaufführung sein wird. Passend zur Musik, die ihr gerade gehört habt, dreht sich alles um den Winter. Natürlich werden die meisten Solo-Parts von den älteren Schülern übernommen. Trotzdem werdet ihr euch freuen zu hören, dass Miss Wrench eine Schülerin unter euch für ein Solo ausgewählt hat. Das ist eine große Ehre für eine Anfängerin."

Die Mädchen tuschelten aufgeregt. Bitte, lass es mich sein!, flehte Cassie insgeheim, obwohl sie ganz genau wusste, dass das völlig ausgeschlossen war.

„Amanda", sagte Miss Oakland und sah diese strahlend an. „Du wirst die Rolle der Holly übernehmen. Miss Wrench wird dir ab heute Extrastunden nach dem Abendessen geben, während die anderen ihre Gruppentänze einstudieren."

Amanda war offensichtlich die Einzige, die sich über diese Neuigkeit freute. Cassie wandte sich enttäuscht ab. Es war ihr von Anfang an klar gewesen, dass die Wahl auf Amanda fallen würde. Mit halbem Ohr hörte sie Miss Oakland noch sagen, dass sie schon heute Abend um Punkt sieben mit den Proben beginnen würden.

Als die Stunde zu Ende war, hatten sie so hart trainiert, dass Cassie darüber ihre Enttäuschung vergessen hatte.

Obwohl die Mädchen bereits ein volles Programm hinter sich hatten, gingen sie immer noch voller Vorfreude zu ihrer ersten Probe. Cassie war auf ihre erste Redwood-Aufführung schon sehr gespannt. Ihre Freude stieg, als sie sah, dass sie im Ballettsaal nicht Miss Oakland, sondern Madame Larette erwartete.

„Also, mes chéries“, begann Madame, nachdem sie sie mit einem Knicks begrüßt hatten. „Miss Oakland ’at euch bereits ein kleines Stückchen von eurem Tanz gezeigt, n’est-ce pas?“

Die Mädchen nickten zustimmend.

„Heute üben wir den Schneeflocken-Tanz. Stellt euch vor, ihr seid alle Schneeflocken. Federleicht, anmutig und wunderschön!“

Madame Larette gab dem Pianisten ein Zeichen und dann tanzten die Mädchen ihr langsames *Adage* zu der wunderschönen Wintermelodie.

„Très bien!“, rief Madame am Ende des Stücks aus. „Cassandra, würdest du bitte nach nebenan gehen und den Jungen sagen, dass sie herüberkommen können?“

Diese Bitte brachte Cassie zwar ein bisschen in Verlegenheit, gleichzeitig fühlte sie sich aber auch geschmeichelt, dass ausgerechnet sie damit beauftragt worden war. Sie klopfte an die Tür des angrenzenden Saales und wurde vom Ballettlehrer der Jungen hereingerufen. Nachdem sie ihre Botschaft losgeworden war, folgten ihr die Jungen zu Madame Larette, um zu zeigen, was sie bisher einstudiert hatten. Ihr Tanz, der unmittelbar vor dem der Mädchen aufgeführt werden sollte, stellte Regen- und Hagelschauer dar und wurde von einem viel schnelleren Ausschnitt aus dem Winterthema begleitet. Cassie beobachtete die Jungen fasziniert. Auch diesmal blieb ihr Blick an Matthew hängen. Er war wirklich ein sehr athletischer Tänzer.

Nachdem die Mädchen ihren sanfteren Tanz angeschlossen hatten, teilte Madame Larette die Schüler in kleinere, gemischte Gruppen für weitere Tänze ein. Dann erklärte sie ihnen, dass sie für heute genug gelernt hätten.

Cassie war zusammen mit Emily, Jane, Matthew und einem anderen, ziemlich großen Jungen namens Paul in einer Gruppe. Sie sollten eine Gruppe von Vögeln darstellen, die im kalten England überwintern mussten und verzweifelt nach Futter suchten. Diese Szene spielte gegen Ende der Aufführung.

Die Probe endete eine halbe Stunde vor dem Schlafengehen. Als Cassie, Becky und Emily zu ihren Zimmern zurückgingen, kamen sie am Übungsraum vorbei, in dem Miss Wrench mit Amanda trainierte.

Wieder packte Cassie jähe Eifersucht. Sie versuchte sich jedoch nichts anmerken zu lassen und plauderte weiter mit ihren Freundinnen. Als sie endlich in ihrem Bett lag, war sie heilfroh. Amanda war immer noch nicht zurück.

„Ist was, Cassie?“, fragte Becky von ihrem Bett aus. „Du bist so still.“

„Nein, nichts“, antwortete Cassie. „Na ja, das stimmt nicht ganz. Ich bin ein bisschen sauer darüber, dass Amanda den Solo-Part bekommen hat. Sie hätten uns ruhig noch ein paar mehr Solo-Parts geben können. Da wäre ihnen nun wirklich kein Zacken aus der Krone gefallen."

„Aber es wären doch niemals genug Solos für alle da", tröstete sie Becky. „Irgendjemand würde immer leer ausgehen." Sie zuckte die Schultern und lächelte. „Am besten, man kümmert sich nicht weiter darum."

In diesem Moment betrat Amanda das Zimmer und die Freundinnen verstummten. Cassie bemühte sich, freundlich zu sein und stellte Amanda ein paar Fragen zu ihrem Solo. Es kostete sie jedoch ziemlich viel Mühe, vor allem weil Amanda selbst kein bisschen freundlich war.

Als sie das Licht gelöscht hatten, dachte Cassie an ihre alte Ballettschule zurück. Damals hatte sie in *Alice im Wunderland* die Rolle der Alice bekommen. Es war der krönende Abschluss ihrer Zeit bei Miss Lakeley gewesen. Keine einzige Szene, in der sie nicht auf der Bühne hätte erscheinen müssen, und so hatte sich Cassie in jeder Hinsicht als der Star des Abends gefühlt. Sie erinnerte sich noch wie heute an den tosenden Applaus in der Gemeindehalle, als man ihr – genau wie einer richtigen Ballerina – einen wunderschönen Blumenstrauß überreicht hatte.

Sie fragte sich, ob sie so etwas wohl jemals wieder erleben würde. Oder würde ihr Können etwa nur für eine Karriere als eine von vielen in einem Ballettensemble reichen? Überhaupt nicht zu tanzen war jedenfalls völlig undenkbar. Mit dem Applaus im Ohr schlief Cassie schließlich ein.

Die Notlüge

Am Donnerstag stürmte und regnete es in Strömen. In der Mathestunde war es so dunkel, dass sie das Licht im Klassenzimmer einschalten mussten. Cassie fragte sich, ob sie bei diesem Wetter überhaupt Mrs Allingham besuchen würden. Sie selbst war jedenfalls fest entschlossen hinzugehen. Zum einen brannte sie darauf, ein bisschen mehr über diesen Mr Flint herausfinden. Und zum zweiten würde der Ausflug Emily von ihren Abschiedsgedanken ablenken.

Wie Cassie schon befürchtet hatte, fanden Becky und Emily die Vorstellung, im Sturm spazieren zu gehen, nicht gerade verlockend. Cassie gab jedoch keine Ruhe und so willigten sie schließlich doch ein. Dick eingepackt in Regenjacken und Gummistiefeln stapften sie durch den peitschenden Regen.

„Wer hatte eigentlich diese glorreiche Idee?", rief Becky.

„Cassie natürlich, wer sonst!", schrie Emily zurück.

„Hört auf zu jammern, ihr beiden. Denkt lieber an die schöne heiße Tasse Schokolade, die wir gleich bekommen!"

Mrs Allingham war einigermaßen überrascht, als die Mädchen bei diesem Wetter vor der Tür standen, freute sich aber natürlich sehr. Schnell bat sie die Mädchen herein und nahm ihnen ihre nassen Regenmäntel ab.

„So, jetzt macht's euch erst mal bequem", sagte sie. „Ich mache euch gleich einen schönen heißen Kakao."

„Vielen Dank“, sagte Cassie. „Aber, wenn Sie nichts dagegen haben, kommen wir lieber mit in die Küche. Schließlich sind wir gekommen, um Ihnen bei der Hausarbeit zu helfen.“

„Das ist wirklich sehr nett von euch. Ich hätte nichts gegen ein bisschen Hilfe einzuwenden. Ich wollte gerade einen Kuchen für meinen Besuch backen.“

Emily und Cassie sahen sich vielsagend an.

„Wir helfen Ihnen gerne“, sagte Becky lächelnd. „Am besten setzen Sie sich einfach hin und sagen uns, was wir machen sollen.“

Begeistert machten sich die Mädchen an die Arbeit. Mrs Allingham gab ihnen genaue Anweisungen, blickte jedoch von Zeit zu Zeit gedankenverloren vor sich hin. Irgendetwas schien ihr Sorgen zu bereiten. Obwohl Cassie fürchtete, mal wieder ins Fettnäpfchen zu treten, fragte sie die alte Dame, ob etwas nicht in Ordnung sei.

„Gut erkannt, meine Liebe. Es gibt tatsächlich etwas, was mir Kopfzerbrechen bereitet. In letzter Zeit musste ich eine Menge hoher Rechnungen bezahlen und jetzt bin ich ein bisschen knapp bei Kasse.“

Die drei Mädchen blickten sie besorgt an. Miss Allingham lachte.

„Nichts, worüber man sich ernsthaft Sorgen zu machen bräuchte. Keine Angst, ich kriege das schon hin. Ich muss einfach nur eine Weile ein bisschen sparsam sein. Jedenfalls geht es mir jetzt schon viel besser, nachdem ich euch davon erzählt habe.“

Mrs Allingham machte jetzt tatsächlich einen viel fröhlicheren Eindruck. Cassie dachte bei sich, dass einem selbst die kleinsten Sorgen riesengroß vorkommen mussten, wenn man so allein war. Sie hätte allzu gern gewusst, wer wohl zu Besuch kommen würde, fand es aber unhöflich, einfach danach zu fragen. Als Emily den herrlich duftenden Kuchen aus dem Ofen holte, bot sich Cassie eine unerwartete Chance.

„Der Kuchen sieht wunderbar aus“, sagte die alte Dame. „Er wird wirklich sehr verwöhnt, was?“

„Wer?“, fragte Cassie beiläufig.

„Mr Flint. Er wollte heute Nachmittag hier vorbeikommen.“

Sie warf einen Blick auf die Küchenuhr – eine große Schiffsuhr aus Mahagoni, die über der Tür hing. „Er müsste bald da sein.“

Cassie wollte unbedingt so lange bei Mrs Allingham bleiben, bis Mr Flint kommen würde. Sie traute ihm einfach nicht über den Weg. Plötzlich hatte sie eine großartige Idee.

„Hätten Sie was dagegen, wenn wir noch eine Stunde oder so hier bleiben würden?“

„Na, das wäre ja schön. Aber habt ihr denn heute Nachmittag keinen Unterricht, Cassandra?“

Emily und Becky starrten Cassie entgeistert an. Glücklicherweise war Mrs Allinghams Aufmerksamkeit ausschließlich auf Cassie gerichtet.

„Nein, unsere erste Stunde fällt heute aus. Der Erdkundelehrer ist krank und wir können die Zeit zum Lernen nutzen.“

Kaum war die Notlüge ausgesprochen, wurde Cassie knallrot. Ohne ihre Freundinnen anzublicken, wandte sie sich zum

Spülbecken und begann eilig die Backutensilien abzuwaschen. Natürlich wusste sie ganz genau, dass sie Emily und Becky damit in eine verzwickte Situation gebracht hatte. Trotzdem war sie sich ziemlich sicher, dass ihre Freundinnen sie nicht verraten würden und so war es auch.

Als Mr Flint schließlich eintraf, saßen die drei Mädchen vergnügt am Tisch und kosteten bereits von ihrem leckeren Kuchen. Es war nicht zu übersehen, dass er ziemlich überrascht war, sie hier anzutreffen.

„Na, wie geht es den kleinen Ballerinen denn heute?", fragte er mit einem gezwungenen Lächeln. Voller Neugier betrachtete Cassie das in Papier eingewickelte Paket unter Mr Flints Arm. Als er es neben seinem Stuhl abstellen wollte, hielt ihn Mrs Allingham davon ab.

„Ach, ich möchte mir zu gerne die Bilder ansehen", sagte sie aufgeregt. „Würde es Ihnen etwas ausmachen, Sie mir jetzt zu zeigen?"

„Aber natürlich nicht, June. Das mache ich doch gerne."

Er wickelte zwei Bilder aus, die Cassie bereits in Mrs Allinghams Wohnzimmer gesehen hatte.

„Oh, das haben Sie aber schön gemacht", sagte Mrs Allingham. „Die Farben leuchten jetzt richtig. Vor allem die Mohnblumen."

Aufmerksam betrachtete Cassie das kleinere der beiden Bilder. Ein Junge und ein Mädchen, gekleidet im Stil der Zeit Königin Viktorias, spielten auf einer Wiese voller leuchtend roter Mohnblumen.

„Es war mir eine Ehre", säuselte Mr Flint. Auf seinen Lippen lag immer noch ein Lächeln, aber seine Augen waren schmal geworden. „Ich muss schon sagen, es war wirklich nicht einfach, diese Bilder kunstgerecht zu restaurieren."

Bei diesen Worten verspürte Cassie ein dumpfes Gefühl in der Magengegend. Da sich nun Mrs Allingham mit ihrem Besucher in ein angeregtes Gespräch über die Restauration von Gemälden vertiefte, beschloss Cassie, dass es sinnlos war, noch länger zu bleiben.

Emily und Becky waren sehr erleichtert, als sie endlich den Rückweg antraten. Sobald sie außer Hörweite waren, begannen die beiden wie erwartet wütend auf sie einzureden.

„Da hast du uns ja was Schönes eingebrockt", schimpfte Becky. „Uns blieb ja gar nichts anderes übrig als mitzuspielen."

„Hört mal, es tut mir wirklich Leid", verteidigte sich Cassie. „Ich weiß, das war ziemlich unfair von mir. Aber ich musste einfach die Ankunft von Mr Flint abwarten."

„Ich glaube, wegen Mr Flint brauchen wir uns keine Sorgen zu machen", sagte Emily. „Er war doch wirklich nett heute. Und es ist ja auch nichts Schlimmes passiert, oder?"

„Nein", entgegnete Cassie, „aber wer weiß, was passiert wäre, wenn wir nicht da gewesen wären …"

„Ich glaube, du spinnst wirklich, Cassie. Jedenfalls werden wir jetzt in der Schule unser blaues Wunder erleben."

„Zur Englischstunde sind wir ja rechtzeitig wieder zurück. Wer weiß, vielleicht hat ja Mr Dale gar nicht gemerkt, dass wir nicht da waren."

„Na, dann drück uns mal die Daumen", sagte Becky. „Das werden wir ja gleich merken."

Sie sollten es schneller erfahren, als ihnen lieb war. Der hatte Regen nachgelassen und als sie sich dem Eingang der Schule näherten, wurden sie dort von Mr Dale erwartet.

„Oh nein“, stöhnte Becky. „Seht ihr auch, was ich sehe?“

Während sie auf Mr Dale zugingen, sah Cassie, wie sich Amanda eilig ins Schulgebäude zurückzog.

„Ich wette, dass sie mal wieder ihre Finger im Spiel hat“, flüsterte sie.

„Seid ihr dem Unterricht etwa absichtlich fern geblieben?“, fragte Mr Dale.

„Nein, das nicht direkt“, antwortete Cassie. „Wir, ähm, haben nur vergessen auf die Uhr zu sehen.“

„Das ist keine Entschuldigung, Cassandra, das weißt du ganz genau. Ich nehme an, Miss Wrench wird mir da bestimmt zustimmen …“

Den Mädchen stockte der Atem.

„Wenn das noch einmal vorkommt, werdet ihr euch bei ihr persönlich entschuldigen müssen!“

„Entschuldigen Sie vielmals, Mr Dale“, sagte Cassie. Es war ihr wirklich peinlich, ihre Freundinnen in solche Schwierigkeiten gebracht zu haben.

„Zur Strafe habt ihr in den nächsten drei Tagen in der Mittagspause Abfalldienst.“

Zu Cassies Erleichterung richtete sich die Wut ihrer Freundinnen nun auf Amanda.

„Er hätte es bestimmt gar nicht gemerkt, wenn sie es ihm nicht unter die Nase gerieben hätte“, sagte Emily beim Abendessen.

„Genau, ihr wisst ja, wie Mr Dale ist“, nickte Becky. „Die meiste Zeit ist er mit den Gedanken ganz woanders.“

„Ich bin so wütend auf Amanda, dass ich beschlossen habe, kein Wort mehr mit ihr zu reden“, sagte Emily. „Vielleicht denkt sie dann nächstes Mal ein bisschen nach, bevor sie alles ausposaunt.“

Cassie und Becky schlossen sich Emilys Schweigepakt an, obwohl die Tatsache, dass sie mit Amanda in einem Zimmer schliefen, die Sache nicht gerade einfach machte. Amanda hatte die Verschwörung schnell durchschaut. Am nächsten Morgen war sie als Erste auf den Beinen und hatte bereits das Zimmer verlassen, bevor sich Cassie und Becky anzogen.

„Sieht nicht so aus, als würde es ihr besonders viel ausmachen“, bemerkte Becky, während sie Cassie beim Zöpfeflechten half. „Sollen wir das Schweigegebot noch eine Weile durchhalten?“

„Klar“, sagte Cassie. „Ich weiß sowieso nicht, was ich mit ihr reden soll.“

Zur Freude der Mädchen war das Wetter zum Abfallsammeln bedeutend freundlicher als am Tag zuvor. Nach ihrer morgendlichen Ballettstunde bei Miss Oakland, die Emily mal wieder für den schlechten Zustand ihrer Ballettschuhe tadelte, trotteten die Mädchen bedrückt in die Englischstunde.

Cassie versuchte sich auf ihr Aufsatzthema „Die Flucht“ zu konzentrieren, musste aber die ganze Zeit daran denken, wie schrecklich es wäre, wenn Emily nun tatsächlich gehen müsste. Es war unschwer zu erkennen, dass Emily an genau dasselbe dachte. Seufzend machte sich Cassie an ihren Aufsatz. Als sie drei Seiten geschrieben hatte und langsam Gefallen daran fand, ihrer Fantasie freien Lauf zu lassen, schoss ihr plötzlich ein Gedanke durch den Kopf. Sie hörte sofort auf zu schreiben und ließ den Füller sinken.

Mr Flint! Jetzt erinnerte sie sich wieder. Es war an dem Tag, als sie mit ihrer Mutter in die Stadt gefahren war, um die restlichen Trikots zu kaufen. An diesem Tag hatte sie ihn gesehen. Und zwar im Antiquitätenladen, in dem ihre Mutter sich nach dem schönen, alten Tisch erkundigt hatte. Mr Flint war der Antiquitätenhändler!

Aufgeregt kritzelte sie die Neuigkeit auf ein Stück Papier und schob es Emily hin. Emily las es, nickte und gab es an Becky weiter. Dabei entging Cassie nicht, dass Amanda jede ihrer Bewegungen verfolgte.

Bestimmt stirbt sie fast vor Neugier, was wohl auf dem Zettel steht, dachte Cassie.

Auch Becky waren Amandas neugierige Blicke nicht entgangen. Theatralisch knüllte sie das Papier zusammen, warf es sich in den Mund und tat so, als schluckte sie es. Dabei grinste sie Amanda angriffslustig an.

Zu Cassies Enttäuschung fanden die beiden Mädchen ihre Entdeckung weitaus weniger sensationell als sie selbst.

„Aber Mrs Allingham weiß das bestimmt schon“, sagte Becky. „Sie hat uns doch selbst erzählt, dass sie ihn bei einer Auktion kennen gelernt hat.“

„Und er hat ja auch diese Bilder für sie restauriert“, fügte Emily hinzu. „Sie weiß bestimmt, dass er in diesem Bereich arbeitet.“

„Ja!“, sagte Cassie. „Das weiß ich ja alles, aber …“

Während sie gemeinsam den Abfall einsammelten, grübelte Cassie unaufhörlich über die Geschichte nach.

„Und was ist, wenn sie es doch nicht weiß“, platzte es plötzlich aus ihr heraus, „und er sich absichtlich bei ihr eingeschmeichelt hat?“

„Mein Gott, bist du vielleicht misstrauisch, Cassie!“, rief Becky aus.

„Jedenfalls“, sagte Cassie, „hat sie eine Menge Antiquitäten in ihrem Haus. Wer weiß, vielleicht ist ja was Wertvolles darunter.“

„Er hat ihr ganz offen erzählt, dass er mit Antiquitäten handelt“, sagte Becky. „Davon gehe ich aus.“

„Wieso fragen wir sie nicht einfach?“, rief Cassie. „Wenn wir uns beeilen, sind wie in zwei Minuten bei ihr. Wir haben doch schon genug Abfall eingesammelt.“

Die anderen beiden zögerten. Doch Cassies Begeisterung steckte sie an und so klopften sie schon wenige Minuten später an Mrs Allinghams Haustür.

„Hallo, Mädchen, was für eine schöne Überraschung!“, sagte Mrs Allingham, als sie ihnen die Tür aufmachte. Cassie erklärte ihr eilig, dass sie leider nicht viel Zeit hätten, ihr aber gern eine wichtige Frage stellen würden.

„Die Sache ist die, Mrs Allingham, also, es geht um Mr Flint. Ich glaube, ich habe ihn in einem Antiquitätenladen gesehen.“

„Das kann gut sein, meine Liebe. Er ist nämlich ein leidenschaftlicher Sammler. Genau wie ich auch!“

„Nein, nein, was ich meine ist, dass er der Besitzer des Ladens war, und zwar in Birmingham. Ich wollte nur wissen, ob Sie darüber Bescheid wissen."

„Aber da irrst du dich bestimmt, Cassandra. Mr Flint hat kein Geschäft. Er ist Maler", sagte sie stolz, „und restauriert nebenbei alte Gemälde. Ihr habt doch die beiden Bilder gesehen, die er für mich gemacht hat."

„Ja, sie sind wirklich sehr schön geworden", sagte Becky.

„Der arme Mr Flint hat sich so viel Mühe damit geben müssen. Er hat mir erzählt, dass es keine einfache Aufgabe war und er viele Stunden damit zugebracht hat. Und dann wollte er mir dafür nicht einmal den vollen Preis berechnen. Da habe ich ihm gesagt, dass man unter Freunden seine Pflichten noch genauer nehmen muss als unter Fremden."

Emily und Becky sahen die alte Dame ziemlich verständnislos an, aber Cassie ahnte nur zu gut, woher der Wind wehte.

„Da haben Sie bestimmt eine saftige Rechnung bezahlen müssen?", fragte Cassie scharf.

„Oh ja. Aber ihr wisst ja, wie Mr Flint ist. Um mich nicht in Verlegenheit zu bringen – denn ich hatte ihm von meinen finanziellen Schwierigkeiten erzählt – hat er mir freundlicherweise angeboten, ich könnte ihm anstelle des Geldes das kleinere Bild geben."

Cassie schnappte nach Luft. „Meinen Sie etwa das schöne Bild mit den Mohnblumen?"

„Genau. Ich habe ihm gesagt, dass ich es mir bis nächste Woche überlegen werde. Aber im Grunde genommen habe ich keine Wahl. Im Moment kann ich ihm einfach kein Geld geben."

„Und warum geben Sie ihm dann nicht das andere Bild?", fragte Becky. „Das ist nämlich nicht so schön."

„Ich weiß, meine Liebe. Aber Mr Flint wollte auf gar keinen Fall das größere Bild annehmen. Er sagt, es wäre das wertvollere der beiden. Dabei gefällt mir das große lange nicht so gut."

„Und wann kommt er wieder?", fragte Cassie.

„Nächste Woche."

Dabei machte sie ein so unglückliches Gesicht, dass Cassie fest entschlossen war, alles zu tun, um Mrs Allingham vor diesem schrecklichen Mr Flint zu retten. Die Frage war nur wie?

Eine gute Idee

„Ich verstehe immer noch nicht, was das ganze Theater soll“, beschwerte sich Becky an diesem Abend. Sie und Cassie waren allein im Zimmer. Amanda übte mal wieder mit Miss Wrench für ihren Solo-Auftritt.

„Verstehst du denn nicht?“, sagte Cassie verzweifelt. „Flinty hat Mrs Allingham genau da, wo er sie haben will!“

„Aber wieso denn? Ich finde es eigentlich ganz nett von ihm, dass er das Bild und nicht das Geld nehmen will!“

„Und was ist, wenn das Bild in Wirklichkeit viel mehr Geld wert ist? Ihr habt doch auch gehört, dass er an dem anderen Bild überhaupt nicht interessiert war.“

„Aber er hat doch gesagt, warum – weil es viel wertvoller ist als das kleinere“, gab Becky zurück.

„Wenn das stimmt, fresse ich einen Besen!“, rief Cassie. „Komm, wir holen Emily rüber, dann grübelt sie wenigstens nicht so viel.“

Als Emily sich zu ihnen gesellte, machte sie in der Tat einen ziemlich niedergeschlagenen Eindruck. Cassie kam sofort auf das Thema Flint zu sprechen und wollte unbedingt wissen, was sie von der ganzen Sache hielt.

„Na ja, im Moment gibt es da so viele Wenn und Aber“, sagte Emily. „Ich weiß wirklich nicht, was ich glauben soll. Aber mir kommt das alles etwas seltsam vor.“

„Wir müssen unbedingt mehr über die Sache herausbekommen“, sagte Cassie mit aufgeregter Stimme. „Am besten finden wir erst einmal heraus, ob Mr Flint auch ganz sicher Antiquitätenhändler ist.“

„Genau“, nickte Becky. „Es könnte ja auch sein, dass er an dem Tag, als du ihn durchs Fenster gesehen hast, nur ausgeholfen hat.“

„Wir könnten ja mal in dem Laden anrufen“, schlug Emily vor.

„Gute Idee!“, rief Cassie. „Warum bin ich nicht gleich draufgekommen?“

Emily ging schnell ein Telefonbuch besorgen und die Mädchen studierten die Namen, die mit F anfingen. Von einem Flint fehlte jedoch jede Spur.

„Wahrscheinlich wohnt er irgendwo außerhalb“, vermutete Becky.

„Oder es ist gar nicht sein richtiger Name!“, sagte Cassie.

„Ach Cassie, jetzt übertreibst du aber wirklich!“

„Oder warte mal“, sagte Cassie. „Es gibt noch eine andere Erklärung. Der Laden hat einen anderen Namen. Wenn ich mich nur noch daran erinnern könnte.“ Cassie dachte angestrengt nach. „Ich glaube, jetzt weiß ich es wieder. Die *Schatztruhe.* Ja, genau. So hieß der Laden.“

Diesmal hatten sie bei ihrer Suche mehr Glück. Die Mädchen durften ihre Eltern immer dienstags und freitags anrufen. Nachdem die drei mit ihren Müttern telefoniert hatten, wählte Cassie die Nummer des Ladens.

Am anderen Ende meldete sich eine vertraute Stimme.

„Die Schatztruhe."

Cassie hatte sich gar nicht überlegt, was sie sagen würde, falls sich Mr Flint tatsächlich melden sollte, aber ihr angeborenes Schauspieltalent half ihr prompt aus der Patsche. Mit krächzender Stimme fragte sie:

„Ähm, mit wem spreche ich, bitte?"

„Flint ist mein Name. Womit kann ich Ihnen helfen?"

„Wo ist Terry?", krächzte sie.

„Terry? Hier gibt es keinen Terry", antwortete Mr Flint und versuchte seine Ungeduld zu verbergen. „Sind Sie sicher, dass Sie die richtige Nummer gewählt haben? Das hier ist ein Antiquitätenladen und ich bin der Besitzer. Ich versichere Ihnen, dass hier niemand arbeitet, der so heißt."

„Oh, entschuldigen Sie vielmals", flötete Cassie. „Auf Wiederhören."

Emily und Becky hatten sich schon während des ganzen Gesprächs krampfhaft das Lachen verbissen und prusteten jetzt lauthals los. Als Cassie aufsah, versetzte sie den beiden schnell einen Stoß in die Rippen. Miss Oakland kam den Flur entlang. Mit Müh und Not schafften sie es gerade noch, mit ernsthaftem Gesicht einen Knicks zu machen und „Guten Abend" zu murmeln.

Als sie vorüber war, huschten die drei ins Zimmer zurück und Cassie berichtete ihren Freundinnen Wort für Wort, was Mr Flint gesagt hatte. Becky war beeindruckt.

„Damit hast du also schon mal Recht", sagte sie.

„Als Nächstes müssen wir den wahren Wert des Gemäldes herausfinden", sagte Cassie.

„Wäre es nicht verrückt, wenn es ein Vermögen wert wäre?“, rief Emily aufgeregt.

„Wenn das so wäre, wüsste es Mrs Allingham doch längst. Dann hätte sie es bestimmt versichert und alles“, sagte Becky.

„Vielleicht weiß sie es aber doch nicht“, sagte Cassie. „Habt ihr noch nie diese Antiquitätensendung im Fernsehen gesehen? Da geht es immer um irgendein altes Gemälde, das achtlos in einem Gartenhäuschen hängt und das sich dann als unglaublich wertvoll herausstellt?“

Schließlich mussten sie ihre Unterhaltung auf den nächsten Tag verschieben, da Amanda ins Zimmer zurückkehrte. Außerdem war es sowieso Zeit schlafen zu gehen. Die Mädchen sprachen immer noch kein Wort mit Amanda, aber darum schien diese sich nicht weiter zu kümmern.

Cassie schlief schnell ein. Sie hatte einen seltsamen Traum, in dem Mr Flint alle Mohnblumen aus Mrs Allinghams Bild herauspflückte.

Der nächste Tag war ein Samstag. Den ganzen Morgen über probten die Mädchen zusammen mit allen Anfängerklassen für die Weihnachtsaufführung. Cassie und Emily waren in der Vogelgruppe, die von Madame Larette geleitet wurde. Sie zeigte ihnen ihre Tanzschritte. Zuerst fand es Cassie etwas ungewohnt, gemeinsam mit den Jungen zu üben. Dabei mussten sie nicht einmal paarweise tanzen, da ihre Gruppe aus drei Mädchen und nur zwei Jungen bestand. Trotzdem musste sie Matthew mehrmals an den Händen fassen. Ganz zum Schluss kniete er sich mit einem Bein auf den Boden, während sie ihre Hand auf sein anderes Knie legen musste und in einer kleinen

Arabesque stehen blieb. Am Ende der Probe schien es jedoch das Natürlichste der Welt, zusammen mit Jungen zu tanzen.

Die drei Mädchen mussten auch in dieser Mittagspause wieder Abfälle sammeln. Diesmal fanden sie allerdings schon viel weniger als am Tag zuvor. So kehrten sie schon bald in ihre Zimmer zurück, schlüpften aus ihren Trainingsanzügen und zogen sich ihre Schuluniform und ihre Blazer über. Am Samstagnachmittag hatten sie nämlich die Erlaubnis, in das nahe gelegene Dorf zu gehen, das eigentlich nur ein Vorort der Stadt war. Zuvor wurde ihnen immer ihr wöchentliches Taschengeld ausgehändigt. Miss Eiseldown drückte jeder von ihnen eine Pfundnote in die Hand mit den Worten „Und gebt nicht alles auf einmal aus!"

Im Dorf gab es nicht besonders viele Geschäfte, aber die meisten Kinder wollten sich sowieso nur Süßigkeiten und Comics kaufen. Cassie und Becky bildeten da keine Ausnahme, Emily hingegen kam nur des Ausflugs wegen mit – sie konnte es sich nicht leisten, etwas von ihrem kostbaren Taschengeld auszugeben. Als Becky darauf bestand, ihr einen Schokoriegel zu kaufen, willigte Emily zum ersten Mal ein – ein sicheres Zeichen dafür, dass es ihr nicht gerade gut ging.

Als sie in die Schule zurückgekommen waren, mussten Cassie und Becky für ihren Musikunterricht üben. Dazu waren sie die ganze Woche nicht gekommen. Da Cassie jedoch schon den ganzen Tag über Mr Flint und das Gemälde nachgrübelte, konnte sie sich kaum auf ihre Violinübungen konzentrieren. Sie legte ihre Violine in den Koffer zurück und schlug vor, Mrs Allingham zu besuchen.

„Was, schon wieder?“, rief Becky erstaunt.

„Es ist wichtig“, sagte Cassie, „Flinty wird sich nächste Woche dieses Bild unter den Nagel reißen. Deshalb möchte ich es mir vorher noch einmal ansehen.“

Sie gingen zu Emily rüber, die gerade ihre kläglichen Ersparnisse zählte.

„Wenn ich nur öfter an den Wochenenden zu Hause wäre“, sagte sie unglücklich, während sie das Rasenstück überquerten. „Dann könnte ich mir noch was dazuverdienen.“

„Das nächste Wochenende zu Hause ist doch schon bald“, sagte Cassie.

„Ich weiß, aber mir fehlt noch so viel Geld für Schuhe und Klamotten, die ich mir bereits aus dem Magazin geholt habe. Und ich brauche noch unbedingt ein Paar Tanzschuhe.“

„Mach dir keine Sorgen, Emmy“, tröstete sie Becky. „Wir finden schon eine Lösung für dich.“

„Stimmt. Ich muss einfach aufhören“, seufzte Emily. „Das ist die einzige Lösung, die es gibt. Nach Weihnachten bin ich meine Sorgen los.“

Cassie und Becky sahen sich besorgt an und sagten kein Wort.

Nachdem sie bei Mrs Allingham angekommen waren, prägte sich Cassie das Bild in allen Einzelheiten ein. Das Motiv hatte sie bereits fest im Kopf, fehlte nur noch die Signatur des Malers und das Datum. Becky und Emily plauderten in der Zwischenzeit mit Mrs Allingham.

„Wie lautet denn dieses Jahr das Thema der Weihnachtsaufführung?“, fragte sie.

„Der Titel ist *Wunderland Winter*“, antwortete Becky, „zur Musik des Winter-Themas aus Vivaldis *Vier Jahreszeiten*.“

„Das klingt ja wundervoll. Ich muss unbedingt Miss Wrench anrufen und mir eine Karte reservieren lassen.“

Die Mädchen blieben eine halbe Stunde und kehrten dann zur Schule zurück. Nach dem Abendessen verzog sich Emily mit ihren Zimmergenossinnen Miranda und Jane zum Fernsehen in den Gemeinschaftsraum. Cassie und Becky blieben in ihrem Zimmer. Sie wollten lieber lesen: Cassie freute sich schon auf ihr Buch *Der Herr der Ringe* und auf Becky warteten einige Bücher über Fledermäuse, die sie sehr interessierten.

Wie so oft hatten sie das Zimmer für sich allein.

„Was sollen wir nur mit Emily machen?“, seufzte Cassie.

„Das weiß ich auch nicht“, antwortete Becky. „Jedenfalls habe ich den Eindruck, dass sie wirklich fest entschlossen ist, Redwood zu verlassen.“

„Das wäre einfach schrecklich“, sagte Cassie. „Sie liebt das Ballett so sehr und ist so eine gute Tänzerin. Ich wünschte, wir könnten irgendetwas dagegen tun.“

„Ich auch“, sagte Becky. „Das Einzige, was wir im Moment machen können, ist sie von dem Thema abzulenken und darauf zu hoffen, dass sich irgendetwas ergibt.“

„Wenigstens kommt sie durch die Sache mit Mrs Allingham auf etwas andere Gedanken.“

„Wie sollen wir denn nun etwas über das Bild herausfinden?“, fragte Becky.

„Das weiß ich auch noch nicht so genau. Wenn mich nicht

alles täuscht, hat uns Amanda doch erzählt, dass ihr Vater Künstler ist. Vielleicht kann sie uns ja weiterhelfen."

„Das Problem ist nur, dass wir nicht mit ihr sprechen."

„Na ja, irgendwann müssen wir ja schließlich wieder mit ihr reden", sagte Cassie grinsend. „Ich fühle mich sowieso nicht mehr so wohl bei der Sache."

„Ich mich auch nicht", sagte Becky erleichtert.

Als hätte sie nur auf dieses Stichwort gewartet, kam Amanda zur Tür herein. Auf ihrem Gesicht lag ein maskenhafter, gleichgültiger Gesichtsausdruck und Cassie ahnte plötzlich, dass Amanda hinter dieser Maske verletzte Gefühle verbarg.

„Hallo, Amanda", sagte sie freundlich.

Damit hatte Amanda ganz offensichtlich nicht gerechnet. Für einen kurzen Moment stand ihr die Überraschung ins Gesicht geschrieben. Dann hatte sie sich sofort wieder im Griff.

„Das heißt vermutlich, dass ihr etwas von mir wollt", sagte sie gedehnt.

„Ja, in gewisser Hinsicht schon. Das heißt, wir brauchen deinen Rat. Aber wir wollten uns auch dafür entschuldigen, dass wir so lange nicht mehr mit dir gesprochen haben."

„Da hatte ich wenigstens meine Ruhe", sagte Amanda. „Was für einen Rat braucht ihr denn von mir?"

„Du hast uns doch mal erzählt, dass dein Vater Künstler ist."

„Ja – er malt Porträts, Landschaften und solche Sachen."

„Was würdest du denn tun, wenn du den Wert eines Bildes herausfinden wolltest?"

„Von einem modernen Bild?“

„Nein, von einem alten Bild“, antwortete Becky.

„Das ist doch einfach“, sagte Amanda überheblich. „Man bringt es natürlich zu einem Auktionshaus – zum Beispiel zu Sotheby’s. Dort gibt es Gutachter, die man fragen kann.“

„Vielen Dank, Amanda“, sagte Cassie. „Du hast uns wirklich sehr geholfen.“

„Um welches Bild geht es denn?“

„Ach, um das Bild einer Freundin“, sagte Cassie vage. „Niemand, den du kennst.“

Cassie sah Amanda genau an, dass sie zwar zu gern noch mehr Fragen gestellt hätte, gleichzeitig aber die Unbeteiligte mimen wollte. Cassie drehte sich um, öffnete ihr Buch und fing zufrieden an zu lesen.

Das Schauspieltalent

Dank Cassies spannender Lektüre ging das Wochenende schnell vorbei. Das war auch gut so, andernfalls wäre ihr die Zeit unendlich lang geworden, ohne dass sie ihre Nachforschungen über das Mohnblumen-Bild aufnehmen konnten.

Als es schließlich Montag war, gab es jedoch immer noch ein Hindernis zu überwinden. Sie hatten zwar die Telefonnummer von Sotheby's gefunden, aber sie durften ja nur am Dienstag- und Freitagabend telefonieren und da war das Auktionshaus geschlossen.

Cassie gab jedoch nicht so schnell auf. Ihre Freundinnen schlugen vor, bis zum kommenden Wochenende zu warten, an dem sie alle nach Hause fahren würden. Aber das kam für Cassie überhaupt nicht in Frage.

„Dann wird es viel zu spät sein. Das Bild ist dann schon längst bei Flinty und womöglich hat er es bis dahin sogar schon verkauft."

„Du scheinst völlig überzeugt davon zu sein, dass es sehr wertvoll ist", sagte Becky. „Wahrscheinlich stellt sich heraus, dass es ungefähr zehn Pfund wert ist."

„Was sollen wir denn machen, Cassie?", fragte Emily. „In die Stadt dürfen wir nicht und es ist viel zu riskant, das Schultelefon während des Tages zu benutzen, wo es überall nur so von Lehrern wimmelt."

„Es gibt nur eine Möglichkeit!", rief Cassie. „Wir müssen Mrs Allinghams Telefon benutzen!"

„Aber wir können ihr unmöglich sagen wozu."

„Stimmt. Ich werde ihr einfach nur sagen, dass es sich um einen persönlichen Anruf handelt, mehr nicht."

„Da wird sie bestimmt misstrauisch werden."

„Ach, wenn alles so läuft, wie ich mir das vorstelle, dann können wir sie schon bald einweihen."

An diesem Morgen machte Cassie die Ballettstunde nicht besonders viel Spaß. Sie konnte sich einfach nicht länger als zwei Minuten auf den Unterricht konzentrieren. Bei den Routineübungen an der Stange und im Raum spielte das keine große Rolle, denn die beherrschte sie im Schlaf. Als ihnen Miss Oakland jedoch eine neue Schrittfolge zeigte, dauerte es nicht lange, bis sie Cassies Unaufmerksamkeit bemerkte.

Sie bat den Pianisten innezuhalten und wandte sich Cassie zu.

„Wie kommt es nur, Cassandra, dass jedes Mädchen in diesem Raum die neuen Schritte beherrscht, nur du nicht? Liegt es etwa daran, dass du dümmer bist als alle anderen, oder wie darf ich das verstehen?"

Miss Oakland stemmte die Hände in die Hüften und wartete auf eine Antwort.

„Es tut mir Leid, Miss Oakland", stotterte Cassie. „Ich kann mich heute einfach nicht konzentrieren."

„Das sieht man. Ich fürchte, ich kann dich in diesem Zustand hier nicht gebrauchen."

„Ja, Miss Oakland."

„Schludrigkeit wird in Redwood nicht geduldet. Ich dachte, du hättest das mittlerweile verstanden. Du bist für den Rest der Stunde entlassen. Und vergiss nicht, darüber nachzudenken, was ich dir gesagt habe."

„Ja, Miss Oakland."

Bis zum Ende der Stunde war es noch eine volle halbe Stunde. Die meisten jüngeren Schüler hätten wahrscheinlich beschämt angefangen zu weinen. Aber nicht Cassie. Sie spürte zwar einen Kloß im Hals, zwang sich aber, sich zusammenzureißen. Mit hoch erhobenem Kinn marschierte sie aus dem Saal und verbrachte die restliche halbe Stunde im Umkleideraum, wo sie darüber nachdachte, was sie dem Gutachter bei Sotheby's sagen sollte.

Als die Stunde zu Ende war, umringten sie ihre Freundinnen voller Mitgefühl. Cassie grinste sie mit strahlenden Augen an und nur ihre geröteten Wangen verrieten, was sie wirklich fühlte.

Die darauf folgende Mathestunde bei Miss Eiseldown war für Cassie eine einzige Qual. Für sie war Mathe, gelinde ausgedrückt, ein ziemlich schweres Fach. Zum Glück erkannte Becky, die neben ihr saß, welche Qualen sie litt und legte ihr Heft so auf den Tisch, dass Cassie ihre Lösungen sehen konnte.

Endlich war Mittagspause. Die Mädchen schlangen ihre Pizzen und Pommes hinunter und ließen sogar den Nachtisch ausfallen, was Becky ziemlich schwerfiel. In Windeseile legten sie den Weg zu Mrs Allinghams Haus zurück. Cassie hatte ihre Geldbörse eingesteckt, damit sie das Telefongespräch bezahlen konnte.

Sie klopften und warteten auf eine Antwort, aber niemand öffnete.

„Sie ist nicht da“, sagte Becky.

„Das sehe ich auch“, entgegnete Cassie gereizt.

„Oh je, hoffentlich kommen wir nicht zu spät!“, rief Emily. „Vielleicht trifft sie sich gerade mit Mr Flint zum Mittagessen und gibt ihm das Bild.“

Cassie stöhnte. Das hatte ihr gerade noch gefehlt. Sie wollten sich schon wieder auf den Rückweg machen, als ihnen eine fröhliche Stimme von der Straße aus zurief:

„Hallo, Mädchen. Sucht ihr mich?“, rief Mrs Allingham, die schwer mit Einkaufstaschen beladen war. „Ich komme gerade vom Einkaufen.“

Cassie fiel ein Stein vom Herzen – am liebsten wäre sie ihr um den Hals gefallen. Sie begleiteten Mrs Allingham ins Haus und halfen ihr beim Auspacken der Lebensmittel. Schließlich nahm Cassie all ihren Mut zusammen, um ihr eine wichtige Frage zu stellen.

„Sagen Sie, kommt Mr Flint heute Nachmittag zu Besuch?“

„Nein, meine Liebe. Er kommt morgen zum Mittagessen.“

Cassies Magen zog sich zusammen. Jetzt hing alles von dem Anruf bei Sotheby's ab. Angenommen, es gab gerade keinen Gutachter, der mit ihr sprechen konnte. Was dann? Sie schob den Gedanken beiseite und fragte Mrs Allingham, ob sie wohl kurz telefonieren dürfe.

„Aber natürlich darfst du das, Cassandra. Es steht im Flur. Ich fürchte nur, du wirst es dir dort nicht besonders bequem machen können.“

Cassie lachte nervös. „Es dauert sowieso nicht lange. Ich muss nur kurz dringend etwas nachprüfen."

Mrs Allingham war zu höflich, um noch weitere Fragen zu stellen, und führte Cassie in den Flur. Während Becky ihr folgte, hielt es Emily für klüger in der Küche zu bleiben und sich mit Mrs Allingham zu unterhalten. So konnten sie wenigstens sicher sein, dass die alte Dame von dem Telefongespräch nichts mitbekam.

„Willst du da jetzt wirklich anrufen?", flüsterte Becky. „Ich meine, weißt du überhaupt, was du sagen sollst?"

„Natürlich – ich hab mir alles ganz genau überlegt", sagte Cassie. Becky bewunderte Cassies Selbstsicherheit. Als sie mit der Empfangsdame des Auktionshauses sprach, traute Becky kaum ihren Ohren. Cassies Stimme klang plötzlich wie die einer erwachsenen Frau. Becky fragte sich, was wohl Mrs Allingham denken würde, wenn sie Cassie nun hören könnte.

„Besteht die Möglichkeit, eine grobe Schätzung eines Gemäldes per Telefon zu erhalten?"

Cassie wurde gebeten, sich einen Moment zu gedulden. „Hoffentlich dauert es nicht so lange, bis sie den Gutachter gefunden haben", flüsterte sie. „Sonst wird das Telefongespräch ganz schön teuer."

Cassies plötzlicher Stimmwechsel brachte Becky zum Kichern. Wenig später sprach Cassie wieder mit vornehmer Stimme. Sie sprach jetzt mit dem Gutachter, der sie über die Einzelheiten des Bildes befragte.

„Und die Signatur ist von Myles Birket Foster", fügte sie hinzu.

„Und Sie sagen also, auf dem Bild sind zwei Kinder zu sehen?“

„Ja, ein Mädchen mit hellblondem Haar und ein kleiner Junge. Sie pflücken Mohnblumen.“

„Hm“, sagte der Gutachter. „Das klingt ja sehr viel versprechend. Ich nehme an, Sie gedenken das Bild zu verkaufen?“

„Ähm …“ Diese Frage brachte Cassie etwas aus der Fassung. „Sehen Sie, guter Mann …“ Becky konnte sich nur mit Mühe zurückhalten, lauthals zu lachen. „… das Bild gehört einer Freundin von mir“, fuhr Cassie fort. „Ob sie es verkaufen will, hängt von seinem Wert ab.“

„Ich verstehe. Natürlich müsste ich es mir ansehen, um mich von seiner Echtheit zu überzeugen. Aber Sie können Ihrer Freundin mitteilen, dass es gut und gerne dreißigtausend Pfund wert ist.“

Cassie schnappte nach Luft. „WOW!“, rief sie ziemlich unerwachsen aus. Am anderen Ende der Leitung herrschte verwirrtes Schweigen, als die beiden Mädchen anfingen wie wild zu kichern. Als sich Cassie wieder gefasst hatte, verzichtete sie auf die damenhafte Stimme und entschuldigte sich.

„Wollt ihr mich auf den Arm nehmen oder was?“, fragte der Gutachter, dem die Sache ziemlich dubios vorkam.

„Nein, überhaupt nicht. Ganz im Gegenteil“, erklärte Cassie mit ernsthafter Stimme. „Meine Freundin überlegt sich wirklich, ob sie das Bild verkaufen soll. Sie ist nur schon ziemlich alt und soll nicht viel Geld dafür bekommen.“

„Aha“, sagte der Gutachter, der immer noch nicht wusste, ob er der jungen Stimme nun Glauben schenken sollte oder nicht.

„Die Sache ist nur so“, platzte es aus Cassie heraus, „sie will es nämlich morgen einem Freund geben, den sie für einen Künstler hält. Dabei ist er in Wirklichkeit ein Antiquitätenhändler. Er hat sie mit dem Bild ziemlich ausgetrickst und ich dachte, ich finde besser heraus, ob das Bild sehr wertvoll ist, bevor sie einen schrecklichen Fehler begeht. Sie könnte das Geld wirklich gut gebrauchen und wir wollen nicht, dass sie reingelegt wird, denn sie ist so eine nette alte Dame und ...“

„Stopp!“, rief der Gutachter lachend. „Ich glaube, ich habe schon verstanden, worum es geht. Ihr habt völlig Recht, ihr müsst jetzt schnell handeln. Meinst du, die alte Dame hätte etwas dagegen, wenn ich zu ihr nach Hause käme, um die Echtheit des Bildes zu überprüfen? Dann wüsste sie jedenfalls exakt Bescheid und könnte ihre Entscheidung treffen.“

Überglücklich über dieses Angebot nannte Cassie dem jungen Mann Mrs Allinghams Namen und Adresse.

„Könnten Sie morgen so um halb zwei hier sein, geht das?“

„Ja, kein Problem. Ich freue mich schon darauf, eure Mrs Allingham kennen zu lernen und außerdem auch eine so talentierte Schauspielerin wie dich, wenn ich das mal so sagen darf.“

Cassie wusste nicht so recht, wie er das meinte. War das nun ein Kompliment oder nicht? Verwirrt murmelte sie rasch ein „Auf Wiedersehen“ ins Telefon und ließ den Hörer auf die Gabel fallen.

Wie erwartet, war Mrs Allingham einigermaßen überrascht, als sie hörte, dass Mr Flint in Wirklichkeit Antiquitätenhändler war, hatte jedoch sofort eine wohlwollende Erklärung dafür bereit.

„Ich verstehe ja auch nicht, warum er mir das nicht gesagt hat", meinte sie nachdenklich. „Vielleicht dachte er, das sei kein interessanter Beruf, dieser dumme Kerl. Ich hätte ihn doch nicht weniger gern gehabt, auch wenn er kein Künstler wäre."

„Es tut mir Leid, Mrs Allingham, aber das ist erst der Anfang", fuhr Cassie so behutsam wie möglich fort.

„Vielleicht setzen Sie sich lieber hin", unterbrach Becky besorgt. Sie fand es unerträglich, mitansehen zu müssen, wie jemand verletzt wurde.

Mrs Allingham setzte sich in ihren Schaukelstuhl. Sie konnte auch jetzt noch nicht ahnen, wie wichtig dieses Gespräch war.

„Worüber habt ihr denn vorhin im Flur so gekichert und gequietscht?", fragte Mrs Allingham augenzwinkernd. „Hast du etwa einen Freund, Cassandra?"

„Nein, Mrs Allingham, ganz und gar nicht. Ich habe den Anruf Ihretwegen gemacht."

„Wegen mir?"

„Ja. Es geht um das Mohnblumen-Bild. Ich habe bei Sotheby's angerufen. Man hat mir gesagt, wenn es echt ist, wäre es über dreißigtausend Pfund wert."

„Sag bloß!", war alles, was die alte Dame herausbrachte. Sie sah aus, als wäre sie vom Blitz getroffen worden.

Dies hörten auch Emily und Becky zum ersten Mal und so sahen die beiden nicht weniger verdattert aus. Cassie gefiel sich sehr in ihrer Rolle. Im Rampenlicht zu stehen war einfach eines ihrer größten Vergnügen.

„Der Gutachter hat mir freundlicherweise angeboten, morgen um halb zwei vorbeizukommen und sich das Bild anzusehen, um nachzuprüfen, ob es sich auch nicht um eine Fälschung handelt. Aber im Moment kann ich mir nicht vorstellen, dass es nicht echt ist."

„Dreißigtausend!", sagte Becky und pfiff beeindruckt durch die Zähne. „Überlegt nur, wie viel Schokolade man dafür kaufen könnte!"

„Oder wie viele Ballettschuhe", sagte Emily, woraufhin sich Becky sofort für ihre Äußerung schämte.

„Was auch immer Mr Flint zu all dem sagen wird", rief Mrs Allingham lachend. „Jetzt werde ich auf jeden Fall seine Rechnung bezahlen können und all die anderen auch!"

Cassie brachte es nicht übers Herz, ihr zu sagen, dass sie sich ziemlich sicher war, dass Mr Flint alles andere als ahnungslos war. Die Hauptsache war, dass sich Mrs Allingham morgen nicht von ihrem Bild trennen musste.

Am nächsten Tag versuchte Cassie alles, um ihre gestrige Unaufmerksamkeit bei Miss Oakland wieder wettzumachen. Jetzt, da ihre Nachforschungen beendet waren, konnte sie sich endlich wieder voll auf das Ballett konzentrieren und gab ihr Bestes.

Nach dem Mittagessen eilten Cassie, Becky und Emily zu Mrs Allingham, in der Hoffnung noch vor Mr Flint einzutreffen.

Als sie ankamen, bat Mrs Allingham Mr Flint gerade zur Tür herein. Genussvoll beobachteten die Mädchen, wie alle Farbe aus Mr Flints Gesicht wich, als ihm Mrs Allingham von den „guten Neuigkeiten“ erzählte. Dann nahm die Unterhaltung jedoch eine unerwartete Wendung.

„Haben Sie selbst mit Sotheby's gesprochen, June?“, fragte er, nachdem er sich von seinem ersten Schreck erholt hatte.

„Nein. Das war Cassandras Idee. Sie hat offensichtlich ein Auge für Kunstwerke, nicht wahr?“

Mr Flint warf Cassie einen vernichtenden Blick zu, sodass sie sich plötzlich ganz klein fühlte. „Nun, es tut mir Leid, Sie enttäuschen zu müssen, June. Das Problem ist, dass das Bild nicht echt ist. Es ist nur eine Kopie. Eine sehr gute Kopie allerdings. Ich habe das nachprüfen lassen, als ich das Bild restauriert habe. Es tut mir wirklich unendlich Leid.“

Hilflos blickte Cassie Emily und Becky an. Ein Blick auf die beiden genügte, um zu sehen, dass sie bereits wieder in den Bann dieses teuflischen Mr Flints geraten waren. Mrs Allingham ließ sich aufs Sofa fallen. Sie war den Tränen nahe.

„Was für eine schreiende Ungerechtigkeit!“, sagte sie. „Und ich habe geglaubt, all meine Sorgen los zu sein.“

„Machen Sie sich nichts draus“, sagte Emily mitfühlend. „Vielleicht ist es auch so noch einiges wert.“

Tröstend legte sie der alten Dame den Arm um die Schultern. Becky war kurz davor laut loszuheulen und brachte kein Wort heraus.

Cassie dachte fieberhaft nach. Bald würde der Gutachter da sein. Die Tatsache, dass Mr Flint davon nichts ahnte, war ihre letzte Trumpfkarte. Sie mussten ihn also unbedingt noch eine Weile hier festhalten. Cassie wollte ihn zu gern dazu bringen, sich in seinen eigenen Lügengeschichten zu verstricken.

„Vielleicht ist es das Beste so“, sagte sie plötzlich. Becky sah sie an, als sei sie nun völlig übergeschnappt. „Wissen Sie, Mr Flint, Mrs Allingham mag dieses Bild wirklich sehr. Sie wollte es Ihnen nicht sagen, aber jetzt, da wir wissen, dass es ja nur eine Fälschung ist, kann sie es ja ruhig behalten. Sie können dann das größere Bild haben, schließlich wird damit ihre Arbeit umso besser bezahlt.“

„Nein, nein“, rief Mr Flint aufgeregt. „Es würde mir nicht im Traum einfallen, Ihnen dieses Bild wegzunehmen, June. Das große ist schließlich viel mehr wert.“

„Aber das ist mir egal. Cassie hat ganz Recht. Ich möchte wirklich viel lieber mein Mohnblumen-Bild behalten.“

„Das kommt gar nicht infrage“, sagte Mr Flint energisch. „Ich bestehe darauf, das kleine Bild zu nehmen.“ Allmählich klang seine Stimme ungeduldig.

Mrs Allingham schwieg und musterte Mr Flint eindringlich. Endlich schien sie zu ahnen, was hier vor sich ging. Während unbehagliche Stille herrschte, klopfte es an der Tür. Cassie atmete erleichtert auf.

„Das wird wohl der Herr von Sotheby's sein“, sagte Mrs Allingham. „Bitte entschuldigt mich für einen Moment.“

„Sotheby's?“, sagte Mr Flint. In seine Augen trat ein panischer Ausdruck. Hastig stürzte er in Richtung Küche.

„Ich muss dringend weg, Mädchen“, rief er über die Schulter zurück. „Grüßt Mrs Allingham von mir.“

„Na, der hat sich aber nicht lange gewehrt“, kicherte Cassie vergnügt.

Seltsamerweise schien Mrs Allingham kein bisschen überrascht, dass sich ihr Freund durch den Hinterausgang verabschiedet hatte. Der junge Mann von Sotheby’s war ausgesprochen freundlich und begrüßte Cassie mit einem herzlichen Augenzwinkern.

„Ach, und du bist also dieses Schauspieltalent. Es freut mich sehr, dich kennen zu lernen.“

Cassie lief dunkelrot an.

„So, dann werfen wir mal einen Blick auf das gute Stück .“

Die Mädchen und Mrs Allingham warteten nervös, während er das Bild von der Wand nahm und seine Vorder- und Rückseite eingehend studierte.

„Ja, da bin ich mir absolut sicher. Es ist wirklich ein echter Myles Birket Foster.“

„Ach, ich bin ja so glücklich!“, rief Mrs Allingham und klatschte wie ein kleines Kind in die Hände.

„Ich habe mich auch schon ein bisschen für Sie kundig gemacht“, fuhr der Gutachter fort. „Vor fünf Jahren haben wir ein ganz ähnliches Bild verkauft. Es war ein vergleichbares Motiv und hieß *Beim Rosenpflücken*.“

„Und welchen Preis hat es erzielt?“, fragte Cassie aufgeregt.

„Dreißigtausendachthundert Pfund. Und das war vor fünf Jahren. Das heißt, Sie können auf jeden Fall mit einem Wertzuwachs rechnen.“

„Ich kann es noch gar nicht fassen“, sagte Mrs Allingham benommen.

„Ich weiß, so was muss man erst mal verdauen“, sagte der junge Mann. „Möchten Sie denn gerne, dass wir das Bild für Sie verkaufen?“

„Aber natürlich“, beeilte sie sich zu sagen. „Aber Sie müssen mir garantieren, dass es in gute Hände kommt.“

Der junge Mann lächelte.

„Es hat mir in all den Jahren so viel Freude bereitet und jetzt sichert es mir auf meine alten Tage sogar noch meinen Lebensunterhalt!“, fügte Mrs Allingham hinzu.

Als sich der Gutachter mit dem Bild verabschiedet hatte, wurde Mrs Allingham plötzlich wieder ganz still. Cassie vermutete, dass sie über Mr Flint nachdachte.

„Wie konnte ich nur so dumm sein“, sagte sie.

„Woher hätten Sie das auch ahnen sollen“, sagte Emily. „Wir sind genauso auf ihn reingefallen wie Sie. Cassie hat ihn als Einzige durchschaut.“

„Wie soll ich dir nur dafür danken, dass du mich vor diesem Betrüger gerettet hast, Cassandra?“

„Aber das war doch selbstverständlich“, sagte Cassie verlegen. „Meinen Sie, wir sollten die Polizei verständigen?“

„Nun, er hat ja nicht direkt ein Verbrechen begangen.“

„Das nicht, aber wenn Sie die Polizei informieren, könnte er vielleicht verwarnt werden. Möglicherweise hält ihn das davon ab, dasselbe mit jemand anderem zu versuchen.“

„Ja, da hast du Recht. Ich werde auf jeden Fall mit der Polizei sprechen. Und jetzt, ihr Lieben, gibt es noch eine schöne Tasse Kakao mit Keksen – vorausgesetzt natürlich, ihr habt noch Zeit dazu.“

Die Weihnachtsaufführung

Cassie konnte es kaum glauben, dass der letzte Tag vor den Weihnachtsferien so schnell gekommen war. In den vergangenen Wochen hatten die Schüler der Unterstufe in jeder freien Minute geprobt. Ihre Lehrerinnen hatten ihnen nicht umsonst eingeschärft, dass sie von ihnen bei der Weihnachtsaufführung erstklassiges Ballett erwarteten. Cassie hatte alles getan, um sich bei Miss Oakland wieder beliebt zu machen. Wann immer sie konnte, hatte sie für die Aufführung trainiert. Cassie fand, dass sich das viele Üben auch durchaus bemerkbar machte. Miss Oakland ließ sich jedoch kein einziges anerkennendes Wort entlocken. Madame Larette hingegen überschüttete sie bei den Proben geradezu mit Lob und Cassie hatte das Gefühl, riesengroße Fortschritte zu machen.

Den Mädchen war nur wenig freie Zeit geblieben. Deshalb waren die drei Freundinnen seit jenem Tag, an dem der Gutachter zu Mrs Allingham gekommen war, nicht mehr bei ihr gewesen.

Miss Wrench hatte eine kleine Weihnachtsfeier für alle Klassen einberufen. Erwartungsvoll stand die gesamte Schülerschar dicht zusammengedrängt in der kleinen Aula. Als sie gemeinsam ein Lied anstimmten, war allen sehr feierlich zumute. Die Direktorin wünschte ihnen freudestrahlend ein frohes Weihnachtsfest, versäumte es aber nicht, sie alle erneut daran zu erinnern, bei der Weihnachtsaufführung an diesem Nachmittag ihr Bestes zu geben.

Im Anschluss an die Feierstunde fand für die jüngeren Klassen statt des Unterrichts eine Disko in der Aula statt. Miss Eiseldown hatte alles für sie organisiert. Sie hatte sogar bunte Diskolampen installieren lassen. Alle amüsierten sich prächtig.

Alle bis auf Emily.

Cassie und Becky gingen zu den Stühlen hinüber, die an der Rückwand der Aula standen. Dort saß Emily mutterseelenallein auf einem Stuhl.

„Was hast du denn, Emmy?", fragte Cassie. „Willst du nicht mitkommen und mit uns tanzen?"

„Ach, mir geht so vieles durch den Kopf", antwortete Emily.

„Komm schon", sagte Becky aufmunternd. „Jetzt hast du es doch schon bis hierhin geschafft. Wir dachten, du hättest diesen Blödsinn – dass du die Schule verlassen willst – längst vergessen."

„Da hast du dich getäuscht. Ich hab euch doch schon vor zwei Wochen gesagt, dass mein Entschluss feststeht."

„Das kann doch nicht dein Ernst sein", rief Cassie. „Du würdest uns schrecklich fehlen."

Emily senkte den Blick und Cassie sah, dass sie mit den Tränen kämpfte. „Ich habe keine andere Wahl", sagte sie traurig.

„Aber du könntest mit Miss Wrench darüber sprechen. Sie wüsste bestimmt eine Lösung …"

Emily schüttelte den Kopf und Cassie wusste, dass es sinnlos war weiterzureden. Dieses Gespräch überschattete einfach alles: die Disko, das weihnachtliche Mittagessen und die Vorbereitungen für die Aufführung. Normalerweise hätte Cassie das Schminken, Ankleiden und Warten auf den Beginn der Vorstellung in vollen Zügen genossen. Aber jetzt war sie so unglücklich über Emilys Entschluss, dass ihr all das überhaupt keinen Spaß machte.

Erst als sie von der Bühne aus einen Blick durch den Vorhang wagte und ihre Eltern mit Adam und Rachel in der ersten Reihe erspähte, spürte sie ein erwartungsvolles Kribbeln im Bauch. Aufgeregt holte sie Becky und Emily aus dem Umkleideraum. Becky konnte ihre Eltern nirgends entdecken, aber Cassie sah, wie sich Amandas Vater genau hinter ihre Eltern setzte. Emilys Mutter war mit den drei Kindern im Schlepptau und dem Baby im Arm nicht zu übersehen. Cassie fand, dass sie nicht besonders erfreut aussah, aber das war ja kein Wunder, bei all den kleinen Kindern, die sie in den nächsten Stunden ruhig halten musste.

„Was habt ihr denn hier zu suchen?“, hörten sie jemanden mit scharfer Stimme sagen. Hinter ihnen stand Miss Oakland. „Geht sofort zurück und bleibt dort gefälligst!“

Um ganz sicher zu gehen, begleitete sie die Mädchen zurück in den Umkleideraum. Dort inspizierte sie kritisch das Make-up und ihre Schneeflocken-Kostüme. Nachdem sie Cassies weiße Kopfbedeckung aus Krepppapier zurechtgerückt hatte, ging sie zu einer anderen Schülergruppe hinüber.

Wenig später platzte Beckys Mutter in den Umkleideraum herein. In der Hand hielt sie eine große Packung mit Pfefferminzbonbons, die sie ihrer heiß geliebten Tochter mitgebracht hatte.

„Oh, hallo Mama“, sagte Becky verlegen.

„Ach, mein lieber Schatz, du siehst ja so süß aus. Einfach zum Anbeißen!“, rief Mrs Hastings überschwänglich. „Hast du denn auch wirklich den richtigen Lidschatten aufgetragen?“

„Ja, Mama. Miss Oakland hat mich schon begutachtet.“

„Hach, ist das nicht ein aufregender Tag? Ich freue mich schon so auf die Vorstellung. Ich will nur noch ein kleines Foto von dir und deinen Freundinnen machen und dann verschwinde ich auch schon wieder.“

Die drei Mädchen blickten mit ernsten Mienen in die Kamera.

„Ihr müsst lächeln. Ihr braucht wirklich nicht nervös zu sein. Es wird schon alles gut gehen.“

In diesem Moment kam Miss Oakland auf sie zu. „So, gleich ist es so weit. Mrs …?“

„Hastings. Ich bin Rebeccas Mutter. Ich musste einfach einen Blick auf sie werfen, bevor die Vorstellung anfängt.“

„Sehr schön“, sagte Miss Oakland. „Wenn Sie uns nun bitte entschuldigen würden …“

Mrs Hastings verstand endlich und verließ den Raum. Trotz des Besuchs ihrer Mutter und der Bonbons machte Becky immer noch ein trauriges Gesicht.

„Was ist euch bloß über die Leber gelaufen?“, seufzte Miss Oakland. „Ihr macht ja ein Gesicht wie bei einer Beerdigung. Vergesst nicht zu lächeln, wenn ihr auf der Bühne seid, hört ihr?“

Sie befahl allen still zu sein, während Madame Larette ein paar einführende Wort zur Ballettaufführung *Wunderland*

Winter sprach. Dann schickte Miss Oakland alle Schneeflocken zu den Seitenflügeln der Bühne, wo sie ihre Ausgangspositionen einnahmen. Bevor die Musik einsetzte, gelang es Cassie gerade noch, einen Blick auf Mrs Allingham zu erhaschen, die neben Miss Wrench in der ersten Reihe und nur wenige Plätze von ihrer Familie entfernt saß. Tapfer setzte sie ein Lächeln auf und begann zu tanzen. Dabei fragte sie sich, ob sich Clowns wohl unter ihren lustig geschminkten Gesichtern auch manchmal so unglücklich fühlten wie sie jetzt.

Cassies Niedergeschlagenheit wich jedoch bald der Freude an der Musik und der Bewegung. Als die Jungen während des schnelleren Musikabschnitts zu ihnen stießen, fühlte sie sich mehr und mehr als Teil einer sich bewegenden Menge aus schwirrenden weißen Körpern. Als sie schließlich zurück in den Umkleideraum eilte, ging es ihr schon viel besser. Sie musste sich in Windeseile umziehen, da als Nächstes der Vogel-Tanz an der Reihe war. Cassie und Emily zogen sich ihre Federkostüme über, während Becky ihnen mit den Reißverschlüssen und ihren Kopfbedeckungen half. Danach hasteten sie auf die Bühne, stellten sich den Jungen gegenüber und begannen ihren Tanz. Cassie war sich durchaus bewusst, dass das Publikum ihr nun in der kleineren Gruppe viel mehr Aufmerksamkeit schenken würde. Deshalb konzentrierte sie sich besonders, um ja nichts falsch zu machen. In dem Tanz kamen viele Sprünge vor und Cassie dachte an die Worte von Madame Larette, die ihnen eingeschärft hatte, dass sich ein gutes *Plié* durch einen gelungenen Absprung und eine sanfte Landung auszeichnete.

„Vögel landen nicht wie Elefanten!“, hatte sie immer wieder gesagt.

Wenn sie sich nicht gerade auf ihre eigenen Tanzschritte konzentrierte, wachte Cassie aufmerksam über ihre Freundin Emily. Sie fürchtete, dass sie stolpern oder womöglich den Tanzschritt vergessen könnte. Obwohl sie kein einziges Mal lächelte, überstand Emily die Vorstellung jedoch mit dem Durchhaltevermögen einer wahren Tänzerin, ohne einen einzigen Fehler zu machen. In ihrem letzten Tanz streckte Cassie bei der *Arabesque* ihr Bein so hoch in die Luft, wie sie nur konnte, und war sehr stolz auf sich. Es war zwar nicht wie damals, als sie als Alice im Mittelpunkt des Geschehens stand, aber es war auch schön, ein Teil einer kleinen Gruppe von Tänzern zu sein, in der jeder seine eigene Persönlichkeit und seine Stärken beisteuerte.

Cassie blinzelte ins Publikum. Es war zu dunkel, um irgendjemanden erkennen zu können. Alles, was man sah, war ein Meer von verschwommenen hellen Flecken. Der Applaus riss auch dann nicht ab, als sie bereits mit ihren Freundinnen die Bühne verließ und in den Umkleideraum rannte.

Bei der nächsten Szene, in der eine Gruppe von Sternsingern auftrat, tanzte Becky mit. So sahen sich die drei Freundinnen erst wieder, als Becky anschließend in den Umkleideraum zurückkam. Dann folgte Amandas großer Soloauftritt. Sie hatte von Miss Wrench für ihre Rolle der Holly ein wunderschönes Kostüm bekommen. Es war ein glänzend grünes Tutu, das mit grünen Pailletten und roten Beeren besetzt war. Die Kopfbedeckung bestand aus einem Kranz künstlicher

Palmblätter und roter Blüten. Cassie war davon überzeugt, dass die kräftigen Farben des Kostüms vor dem Hintergrund der weißen Schneeflocken-Kostüme, die sie beim Finale noch einmal tragen würden, einfach umwerfend aussehen würde.

„Bist du so weit, Amanda?“, rief Miss Oakland.

Amanda schüttelte sich kurz und nickte. Als sie unter „Viel-Glück“-Rufen den Raum verließ, stellte sich Cassie einen Moment lang vor, an Amandas Stelle auf die Bühne zu treten und sich unter tosendem Applaus zu verbeugen. Sie schüttelte die Vorstellung ab und blickte zu Emily. Als sie Emilys unglückliches Gesicht sah, kamen ihr ihre kleinen Sorgen plötzlich ziemlich dumm vor.

„Komm schon, Emmy“, sagte sie und klopfte ihr auf die Schulter. „Lass dir bloß nicht die Vorstellung verderben. Es wird eine schöne Erinnerung sein, was auch immer hinterher geschehen mag.“

„Macht euch für das Finale bereit, Mädchen!“, rief Miss Oakland.

Die Freundinnen schlüpften noch einmal in ihre Schneeflocken-Kostüme, stellten sich in einer Doppelreihe auf und warteten auf ihren Auftritt. Als sie leichtfüßig auf die Bühne huschten, verbeugte sich Amanda immer noch vor dem Publikum. Sie hatte einen tosenden Applaus bekommen. Die anderen drei älteren Solotänzer, darunter ein Junge, gesellten sich zu ihr.

Jetzt schlängelten sich Amanda und die anderen Solotänzer durch die anmutigen Schneeflocken und wirbelnden Hagelkörner. Dann wurden sie von der Tanzgruppe bewundernd umringt. Zum Schluss sanken alle in eine tiefe Verbeugung, während sich Amanda und der Junge mit erhobenen Armen auf halbe Spitze stellten und in siegreicher Haltung verharrten.

Wenn ich doch nur dort stehen würde, dachte Cassie, wenn ich doch nur dort stehen würde.

Das Licht ging an und Cassie sah, wie Adam und Rachel ihr lachend zuwinkten. Ihre Eltern und Mrs Allingham lächelten und klatschten begeistert. Miss Wrench betrat die Bühne und hielt eine kurze Ansprache, in der sie allen Lehrern und Schülern für ihre Mühe und den Eltern für ihr Kommen dankte.

„Und natürlich", fuhr sie fort, „ist der andere wichtige Grund, warum Sie hier sind, dass Sie heute Ihre Kinder abholen und über die Weihnachtsferien mit nach Hause nehmen. Wir hoffen, dass dabei auch niemand übersehen wird!"

Das Publikum lachte.

„Und wir wünschen allen ein friedliches und schönes Weihnachtsfest."

Als Cassie ihr Schneeflocken-Kostüm zum letzten Mal auszog, dachte sie an die schöne Zeit zurück, die sie hier verbrachte hatte. Natürlich erinnerte sie sich auch an die weniger erfreulichen Ereignisse, vor allem natürlich daran, dass Emily die Schule verlassen wollte und an all die anderen Dinge, die sie selbst zu verantworten hatte. Wie ihre Mitschüler nahm auch Cassie einen ausführlichen Zwischenbericht mit nach Hause, den sie sich bereits in aller Ruhe hatte durchlesen können. In ihren Schulfächern waren die Beurteilungen überall sehr gut ausgefallen, genauso wie auch Mr Greens Beurteilung ihrer Fortschritte im Violinunterricht. Miss Oakland, die den Ballettteil geschrieben hatte, hatte jedoch „Konzentrationsschwierigkeiten“ erwähnt und Miss Eiseldown hatte ihren Tadel und den Abfalldienst hinzufügen müssen. Sie schrieb, Cassies überschäumendes Temperament werde ihr gelegentlich zum Verhängnis.

Im Vergleich zu dem glücklichen Ende der Geschichte mit dem Mohnblumenbild erschien Cassie die Bemerkung mit dem Abfalldienst allerdings ziemlich unwichtig. Es gab so vieles, was sie ihren Eltern erzählen wollte, aber im Moment kam es vor allem darauf an, Emily so gut zu unterstützen, wie sie nur konnte. Als sie sich durch den voll bepackten Umkleideraum kämpfte, stieß sie plötzlich auf Amandas Vater.

„Ich bin auf der Suche nach Amanda Renwick“, sagte er steif.

„Sie ist da drüben“, antwortete Cassie und zeigte mit dem Finger auf sie. Cassie beobachtete, wie er seine Tochter begrüßte. Er gab ihr weder einen Kuss noch umarmte er sie, sondern überreichte ihr ziemlich förmlich einen kleinen Blumenstrauß.

Als Cassie an ihnen vorbeiging, hörte sie ihn sagen: „Es fehlt dir noch an mehr Ausdruck, Amanda. Außerdem war dein *Port de bras* zu steif.“ Cassie musste daran denken, wie herzlich ihre Familie ihr zugelächelt und zugewinkt hatte, und plötzlich tat ihr Amanda sehr Leid.

Emily wanderte in diesem Moment schon durch den Umkleideraum und verabschiedete sich unter Tränen von ihren Mitschülerinnen. Ihr Abschied schien jetzt viel realer als bisher und Cassies Magen krampfte sich zusammen. Gar nicht auszudenken, wie sich Emily erst fühlen musste.

In diesem Moment öffnete sich die Tür und Mrs Wrench betrat lächelnd den Raum, dicht gefolgt von Miss Allingham. Emily, die gerade Becky zum Abschied umarmte, sah erstaunt auf.

„Das habt ihr alle sehr gut gemacht“, rief Miss Wrench, während die Mädchen einen Knicks machten.

Mrs Allingham war inzwischen zu ihren drei Helferinnen geeilt und zog sie in eine stille Ecke. Cassie sah, dass sie sehr aufgeregt war.

„Meine Mohnblumen wurden letzte Woche bei einer Auktion für dreiundvierzigtausend Pfund verkauft! Was sagt ihr dazu?“

Emily strahlte trotz ihres eigenen Kummers. „Aber das ist ja großartig, Mrs Allingham. Ich freue mich so für Sie!“

„Aber geben Sie nicht alles auf einmal aus!“, sagte Becky scherzhaft.

„Keine Bange. Es ist schlichtweg zu viel für eine einfache Seele wie mich. Deshalb werde ich das, was ich nicht brauche, für einen guten Zweck spenden. Für Wohltätigkeitsvereine und so was. Für den Anfang habe ich euch ein kleines Dankeschön mitgebracht, denn ohne euch wäre alles ganz anders gekommen.“

Sie zog aus ihrer Handtasche einen Umschlag hervor und bat Becky, ihn für sie zu öffnen.

„Es sind Eintrittskarten für den *Schwanensee* vom Birmingham Royal Ballet!“, rief Becky entzückt.

„In der ersten Reihe!“, fügte Mrs Allingham hinzu.

Als sich die Mädchen bei ihr bedankten, trat Miss Wrench zu ihnen.

„Ich möchte euch zu eurer bemerkenswerten Detektivarbeit gratulieren. Mrs Allingham hat mir erzählt, was ihr in den letzten Wochen für sie getan habt.“

„Hört, hört“, sagte Mrs Allingham. „Darf ich den Mädchen von meinem Stipendium erzählen?“

„Warum nicht? Natürlich wird es erst nach den Schulferien offiziell bekannt gegeben.“

„Also, meine Lieben“, sagte Mrs Allingham freudestrahlend. „Ich habe vor, ein Jahresstipendium für talentierte und bedürftige Schüler der Schule zu stiften, das sämtliche Kosten für Kleidung, Ausrüstung, Musikunterricht, Schulausflüge und Ferienreisen abdeckt, also alle Kosten, die das reguläre Stipendium nicht beinhaltet.“

In Emilys Augen glomm ein Hoffnungsschimmer auf, doch sie wagte kaum Miss Wrench oder Mrs Allingham in die Augen zu sehen.

„Ich werde das Allingham-Stipendium einer Person meiner Wahl zuteilen“, sagte Miss Wrench, „und auf Empfehlung von Mrs Allingham hin steht auch schon fest, wer die erste Empfängerin sein wird …“

Noch bevor Miss Wrench den Namen „Emily Pickering“ aussprach, wusste Cassie, dass die Probleme ihrer Freundin mit einem Schlag gelöst waren. Sie strahlte Emily an und fiel ihr zusammen mit Becky überschwänglich um den Hals.

„Werft mir die arme Emily nicht um!“, lachte Mrs Allingham. Als Emily überglücklich aus der Umarmung auftauchte, dankte sie ihrer Wohltäterin von Herzen.

„Ich kann Ihnen gar nicht sagen, wie viel mir das bedeutet“, sagte sie zitternd.

„Soll ich Sie noch ein bisschen mit den Mädchen allein lassen, June“, fragte Miss Wrench.

„Ja, das wäre sehr nett.“

„Gut. Wenn ihr mich jetzt entschuldigt, ich muss wieder zu den Eltern zurück.“

Während Miss Wrench aus dem Umkleideraum rauschte, dachte Cassie verzückt, dass ihr gerade die Direktorin höchstpersönlich gedankt hatte. Das war in der Tat eine angenehme Abwechslung.

„Und was stellen wir jetzt mit unserer Mrs Allingham an?“, fragte Cassie mit blitzenden Augen.

„Nun, meine Liebe“, sagte die alte Dame etwas beunruhigt. „Für Freudentänze bin ich schon ein bisschen zu alt.“

„Und wie wär's mit einem Cancan?“ Noch bevor Mrs Allingham überhaupt antworten konnte, wurde sie schon von Cassie aus dem Umkleideraum auf die Bühne gezogen. Dann schlangen sie und Emily die Arme um die Hüften ihrer betagten Freundin und Becky hakte sich bei Emily ein. Als die Reihe komplett war, begann Cassie die bekannte Cancan-Melodie zu pfeifen und los ging's. Die Mädchen schleuderten ihre Beine in die Luft und kicherten ausgelassen. Zu ihrem Erstaunen tanzte Mrs Allingham begeistert mit. Als sie schließlich lachend innehielten, war sie allerdings ziemlich außer Atem.

„Ich habe mich schon lange nicht mehr so köstlich amüsiert", sagte sie, als sie sich wieder etwas erholt hatte. Auf ihren Wangen glitzerten Lachtränen.

Gerade eben hatten sie noch bittere Tränen um Emily vergossen, dachte Cassie und jetzt waren plötzlich alle Sorgen vergessen. Die Zukunft ihrer Freundin war, zumindest für das kommende Jahr, abgesichert und Cassie war davon überzeugt, dass Emily mit Mrs Allinghams Hilfe so lange ein Stipendium bekommen würde, wie sie es benötigte. Wer weiß, vielleicht würden sie ja alle drei die ganzen fünf Jahre in Redwood bleiben können. Mit diesem hoffnungsvollen Gedanken umarmte Cassie Mrs Allingham, Becky und Emily ein letztes Mal. Dann rannte sie eilig davon, um ihre Eltern zu suchen.

Spannende Krimigeschichten für Jungen und Mädchen

Fiona Kelly

Geheimnisvolle Spuren

Mystery Club Band 1

Holly, Tracy und Belinda werden in ihren ersten Kriminalfall verwickelt, als sie im Schulkeller ein altes Gemälde finden. Es soll Hinweise auf das verschwundene Vermögen einer Adelsfamilie enthalten. Als die Mädchen ermitteln und ihnen zwielichtige Gestalten in die Quere kommen, ist klar: Der Mystery Club ist auf der richtigen Spur!

Auch in den folgenden Bänden erleben Holly, Tracy und Belinda wieder spannende Krimi-Abenteuer:

Bereits erschienen

Band 2	Gefahr für die Zeugin
Band 3	Die verbotene Insel
Band 4	Diebe in der Nacht
Band 5	Unheimliche Nachbarn
Band 6	Entführt!
Band 7	Verdächtig
Band 8	Der falsche Schatzsucher
Band 9	Ein gefährliches Spiel
Band 10	Das verschwundene Amulett
Band 11	Pferdedieben auf der Spur
Band 12	Geheimnisvolle Vergangenheit
Band 13	Ferien im Lake District
Band 14	Notlandung im Gebirge
Band 15	Spur des Gifts

Beste Unterhaltung für pferdebegeisterte Mädchen

Bonnie Bryant
Drei Mädchen gründen einen Club
Sattelclub Band 1

Der Reitstall ist Lauras und Jennys zweite Heimat. Eines Tages taucht eine Neue auf – doch Julia passt unmöglich in den Stall, so herausgeputzt wie sie ist. Es muss einiges passieren, bis Laura und Jenny ihre anfängliche Meinung ändern und mit Julia den „Sattelclub" gründen.

Bereits erschienen:

Band 2	Veronicas Fehler
Band 3	Ein Pferd für Laura
Band 4	Die Neue
Band 5	Freundschaft ist alles
Band 6	Abenteuer auf der Pferderanch
Band 7	Reitstall in Not
Band 8	Julia greift ein
Band 9	Ärger mit Julia
Band 10	Ferien im Reitcamp
Band 11	Gefahr für das Fohlen
Band 12	Hilfe für die Pferderanch
Band 13	Ausritt im Schnee
Band 14	Ritt in der Brandung
Band 15	Entführung im Reitstall
Band 16	Flucht vor dem Feuer
Band 17	Reitunterricht für einen Filmstar
Band 18	Heimlicher Ausritt
Band 19	Laura und das Rennpferd
Band 20	Die Fuchsjagd
Band 21	Chaos im Reitstall
Band 22	Das Wildpferd
Band 25	Hochzeit auf Pine Hollow